Lola EyEres

Eine, die loszog,
um zu sterben

Lola EyEres

Eine, die loszog, um zu sterben

Bibliografische Information der Deutschen Nationalbibliothek
Die Deutsche Nationalbibliothek verzeichnet diese Publikation in
Der Deutschen Nationalbibliografie; detaillierte bibliografische
Daten sind im Internet über http://dnb.d-nb.de abrufbar

© 2016 Lola EyEres
1. Auflage, Oktober 2016

Umschlagabbildung: Loz ARTig
Umschlagbearbeitung: Reingard Spruck
Lektorat/Korrektorat: Sandra Schmidt

© 2016 Herstellung und Verlag: BoD – Books of Demand, Norderstedt

ISBN: 978-3-7412-6419-1

www.buenoseyeres.com

Alle Rechte sind der Autorin vorbehalten. Das Werk ist urheberrechtlich geschützt. Jede Verwertung und Vervielfältigung, auch auszugsweise, ist nur mit ausdrücklicher schriftlicher Genehmigung der Autorin gestattet. Alle Rechte, auch die der Übersetzung des Werkes in andere Sprachen, liegen alleine bei der Autorin. Zuwiderhandlungen sind strafbar und verpflichten zu entsprechendem Schadenersatz.

Der Tod des Egos
wird der Beginn deines wahren Lebens sein.

Osho

Für
Michael

D a n k e

für die Erinnerung,
wer ich sein kann

Inhaltsverzeichnis

Teil 1 – ich denke 11
Teil 2 – ich fühle 207
Teil 3 – ich bin 219

Teil 1

ich denke

Es ist nur noch grotesk, banal und absolut sinnlos. Selbst mein Psychologe weiß mir nicht mehr zu helfen und überweist mich doch tatsächlich zu einem erfahreneren Kollegen, wie er seine Lustlosigkeit mir gegenüber vorsichtig formuliert. Doch die einzige Erfahrung, die dieser vorzuweisen hat, ist die, dass er sehr viele neue Fachwörter benutzt, die mich noch weniger weiterbringen, um auf den Kern meines Problems zu stoßen.

Das ist nämlich das eigentliche Problem: ich habe keines, kein offensichtliches zumindest. Tief in mir spüre ich jedoch diese unbeschreibliche Leere, die mich zu niemandem zu machen scheint. Diese Leere ist so tief, dass sie sich nicht mehr füllen lässt, sich eher mehr und mehr ausdehnt.

Ich wollte immer jemand sein und habe alles dafür getan. Alles. Ich habe einen gut bezahlten Job, eine abbezahlte Wohnung, Freunde, Familie, fünfunddreißig Tage Urlaub im Jahr und einen riesigen Kleiderschrank voller Klamotten. Was ist nur los mit mir? Was stimmt denn mit mir nicht? Dass mich keiner mehr ernst nimmt, wundert mich überhaupt nicht. Ich weiß ja selber nicht mehr, was ich ernst nehmen soll. Wie sieht das auch aus, wenn ich in meiner großen Wohnung mit der Designer-Einbau-Küche an dem selbst für mich in qualvollen Raten abgestotterten Kaffeevollautomaten nur Wasser für meinen Tee zapfe? Als hätte ich ein schwerwiegendes Problem? Ich doch nicht.

Dass ich nicht lache ... oder gleich weine.

„Ach, hab dich nicht so." – „So schlimm ist das doch nicht." Diese ständig verurteilenden Aussagen von den anderen, wenn meine Mundwinkel mal wieder den Boden berühren, nerven mich total. Als wäre ihr Leben besser! Vielleicht? Kann ja sein oder sie wollen einfach nur nicht hinsehen. Wohin soll man eigentlich schauen, wenn man nicht erkennt, woher der Wind bläst?

Ich würde mir so gerne den Weg zu diesem erfahreneren Psychologen sparen, aber ohne wöchentliches Blabla bekomme ich nicht diese wunderbaren Tabletten von meinem Neurologen verschrieben, die mich über den Tag und manchmal auch über die Nacht retten. Morgen ist zu allem Überfluss mein Geburtstag. Schon wieder. Wie jedes Jahr. Jedes Jahr werde ich älter und unglücklicher.

Mama möchte unbedingt heute noch wissen, was ich mir zu meinem vierzigsten Geburtstag wünsche. Bemüht man sich bei so einer runden Zahl nicht schon Wochen zuvor um ein Geschenk oder fragt zumindest mal nach, was man schenken könnte? Die Frau macht immer alles auf den letzten Drücker.

Ja, was schenkt man einer erfolgreichen Geschäftsfrau, die alles hat, aber nichts fühlt? Vielleicht einen Tag mit einem Bademeister, der meinen Kopf so lange unter Wasser drückt, bis ich kurz vor der Bewusstlosigkeit bin, nur um mich danach freuen zu können, dass ich noch am Leben bin? Oder einmal über heiße Kohlen laufen, damit ich den Boden unter meinen Füßen wieder spüre? Das Einzige, was ich mir zu meinem vierzigsten Geburtstag wünsche, ist, dass es der letzte ist.

Ja, ich wünsche mir zu sterben.

Nur wie? Wie lädt man den Tod zu seinem Geburtstag ein? Die Tabletten, die ich habe, würden mir bei einer Überdosis nur den Tag verschönern, mich aber nicht umbringen. Vor einen Zug zu springen, ist auch nicht ganz mein Stil, und einen Sprung von einem Hochhaus kann ich schon gleich vergessen mit meiner Höhen-angst. Außerdem ist man bei dieser Art von Freitod sofort weg vom Fenster, man fühlt nichts mehr, von daher kann ich mir dieses Drama auch sparen und den anderen ebenso – die, die mich dann von der Straße wegkratzen müssen. Sterben ohne ein Gefühl, da kann ich ja gleich am Leben bleiben. Nein, ich möchte richtig sterben – mich in den Abgrund begeben und bei jedem Schritt, den ich wage, Gänsehaut bekommen. Ich möchte, dass mir kalt wird und danach wieder heiß. Ich möchte schwitzen und weinen, ja, weinen möchte ich wieder. Ich möchte, dass mein Herz vor Schreck pocht und mir vor Angst schlecht wird. Ich möchte nicht im herkömmlichen Sinne Leiden wie ein Märtyrer, ich möchte nur die ganze Palette von Gefühlen erleben, die ich seit Jahren nicht mehr empfunden habe.

Seit wann fühle ich eigentlich nichts mehr? War es an diesem einen Tag, an dem ich meinen Exfreund mit meiner besten Freundin in meinem Bett erwischt habe? In meiner neuen Satinbettwäsche, die ich danach wegwerfen musste. Oder war es, als meine Mutter mir verkündete, dass mein Vater nicht mein Vater ist?

Nein, da empfand ich nach Jahren noch dieses Gefühl von Hass oder Ablehnung. Das war es nicht. Vielleicht war es aber auch ein schleichender Prozess, der damit begann, als meine Kindergartenfreundin mir in der ersten Klasse mein Stickeralbum gestohlen und mich angelogen hatte, als ich es bei ihr zu Hause in ihrem Zimmer gefunden habe. Ja, vielleicht schlug der Dieb, der meine Gefühle stahl, sogar schon zu, als ich mit nur einem Jahr meiner Mutter aus den Händen fiel. Genau, daher könnte meine Angst vor Höhe kommen und das große Misstrauen in diese Welt. Nicht schlecht, diese Erkenntnis muss ich meinem neuen Psychologen erzählen. Vielleicht hat er dafür eine Diagnose und mein Geburtstag ist gerettet. Diagnose: Höhenangst.

Doch wenn er mich dann wieder befragt, was ich dabei fühle, muss ich passen, und dann bin ich wieder am Anfang - keine Diagnose. Ich glaube, es ist besser, ich sage den Termin für morgen ab und versuche das zu tun, was jeder normale Mensch an seinem Geburtstag so tut–: Ich bin einfach glücklich oder, wie in meinem Fall, ich tue so, als wäre ich glücklich, denn den Bezug zu Glück habe ich schon lange verloren.

Was mach ich jetzt nur? Ich habe so was von überhaupt keine Lust, morgen zu feiern, und in all die fröhlichen Gesichter zu blicken, die mir nur noch mehr die Stimmung vermiesen. Ja, warum alles noch schlimmer machen, als es sowieso schon ist? Meinen Wunsch kann mir niemand erfüllen. Und wenn doch alles nicht so schlimm ist, wie es für mich nun einmal ist, und ich mich nicht so haben soll, dann such ich mir eben einen Ort, an dem es so richtig grauenhaft ist. Ein Ort, an dem man das Fürchten lernt, an dem das Elend zu Hause ist. In jeder Sekunde, in der man sich dort aufhält, bekommt man vor Angst keine Luft mehr.

Tja, die besten Plätze sind da wohl die Kriegsgebiete. Nur welches soll ich nehmen? Wo ist das größte Gemetzel momentan? Mal schauen. Ukraine? Woher kommen noch mal die ganzen Flüchtlingsströme? Afrika, Serbien, Irak, Syrien, Afghanistan. Wo ist es am Schrecklichsten? Lass mal sehen. Wo hab ich meine Zeitung hingelegt? Wie es hier wieder aussieht. Nein, das Telefon klingelt, meine Mutter. Ich sage ihr für morgen ab.

Ich möchte morgen nicht feiern, ich habe keine Lust, ich wünsche mir ...

Sie kommt morgen um zwei vorbei und mit ihr der Rest der Familie. Na toll, jetzt muss ich den anderen auch Bescheid sagen, sonst sind die beleidigt.

Hallo liebe Freunde und Familie,

morgen ist es wieder soweit - mein Geburtstag!

Ort: bei mir.

Zeit: 14.00 Uhr.

Bis morgen schon.

Senden und erledigt.

Oh nein, ich muss noch einkaufen gehen, Kuchen backen, aufräumen. Wo fange ich an? Wieso kann ich nicht einfach nein sagen, wieso? Gut, dann feiere ich meinen Geburtstag zum letzten Mal mit all den Pappnasen. Was soll's? Dann wird es halt ein Fest nur für sie, sozusagen ein unangekündigtes Abschiedsfest. Ja, genau, ich gebe mir richtig viel Mühe, oder auch nicht, denn es ist ja sowieso egal. Aber wenn ich es so aussehen lasse, als wäre alles in Ordnung, dann hätten sie noch eine schöne Erinnerung an mich. Wie sie doch noch alles geschafft hat. Wie sie doch immer die besten Torten backen konnte. Sie war eine, die alles hatte und trotzdem nicht glücklich wurde. Ja, das ist ein guter Abschluss. Ein vorgetäuschter Abschluss, der die Hoffnung von dem, das alles möglich ist, aufrechterhält. Vielleicht schafft es ja doch noch einmal einer – alles haben und glücklich sein. Was für eine Ironie, seine Geburt jedes Jahr zu feiern, wenn man doch gar keinen Grund zu leben hatte, wenn man für etwas beschenkt wird, das man gar nicht zu schätzen weiß. Eine Beerdigung ist da mehr mein Ding, da sind auch jede Menge Leute nur wegen mir, aber ich bin nicht da. Ja, tatsächlich, ein Begräbnis kommt meinem Geburtstag wirklich mehr gleich und ist dazu auch noch ehrlicher, denn dort trauert jeder gemeinsam. An meinem Geburtstag trauere nur ich für mich alleine.

Gut, welchen Kuchen backe ich? Vielleicht diesen Eierlikörkuchen, von dem jeder immer so schwärmt, weil er so saftig ist. Oder besser mal einen anderen? Nur welchen? Vielleicht frag ich doch Elise, ob sie mir wieder einen Kuchen macht? Nein, lieber mache ich ihn diesmal selber, ist ja auch das letzte Mal. Erstmal die Wäsche abhängen, dann staubsaugen. Nein, davor erst alles putzen und aufräumen und dann staubsaugen, dann einkaufen gehen, dann backen.

Oje, es ist schon sieben! Dann schnell einkaufen und den Rest später.

Syrien! Ja, Syrien soll es sein.

Wie viel Eier brauche ich für den Kuchen? Vier bis Fünf.

Schlüssel, Tasche, Geldbeutel und los geht´s.

Wieso ist alles so, wie es ist? Wieso kann es nicht anders sein? Anders – nur wie? Wieso bremst der Idiot jetzt? Fahr doch einfach weiter, da ist doch nichts. Er blinkt und blinkt und steht, mein Hupen interessiert ihn auch nicht. Idiot! Ich habe keine Zeit, auf dich zu warten. Jetzt, endlich. Hat er sich doch noch entschieden, weiter zu fahren. Männer können auch nicht Auto fahren.

Sieben Uhr dreißig. Das wird knapp.

Brauch ich einen Wagen oder reicht der Korb? Soll ich noch was zum Knabbern mitnehmen? Puderzucker, Vanillezucker müsste ich noch haben, Backpulver auch. Ein Rucksack im Angebot. Soll ich ihn mitnehmen für meine Reise oder soll ich ihn mir von Mama wünschen? Ist das makaber? Nein, bestimmt nicht, sie weiß ja nicht, wohin die Reise geht. Ich auch nicht. Dann hat sie wenigstens ein sinnvolles Geschenk für mich. Wo ist mein Smartphone? Hier bist du.

Dann wäre das schon mal geklärt. Warum aber stellt sie so aufdringliche Fragen, wohin ich verreisen möchte? Was geht sie das an? Wenn ich es ihr sagen würde, würde sie es sowieso nicht ernst nehmen und sich lächerlich über mich machen. Es war eindeutig besser, so zu tun, als wäre der Akku leer. Sie merkt bestimmt nicht, dass ich absichtlich aufgelegt habe. Oder doch? Egal. Sie hat jedenfalls ein Geschenk für mich, das ich brauchen kann, und nur das zählt. Diese Porzellanentchen zum Hinstellen hätte sie sich auch letztes Jahr sparen können. Ich hasse Staubfänger, aber wehe, ich würde mir erlauben zu sagen, dass ihr lieb gemeintes Geschenk eine Beleidigung für meine stilvoll eingerichtete Wohnung ist, dann wäre die Enttäuschung wieder groß und es würde Wochen dauern, bis sie sich wieder beruhigt hätte. Bin ich froh, wenn ich das nicht mehr miterleben muss. Oder ihr ständiges Rumgenörgel darüber, warum ich keine Beziehung habe. Wie oft habe ich ihr erklärt, dass man dafür Zeit haben muss. Sie will es einfach nicht verstehen, sie versucht es nicht einmal. Sollte ich ihr die Wahrheit darüber erzählen, dass ich meinen Verlobten verlassen habe, weil er sich zwei Tage später, nachdem er mir einen Antrag machte, seine Zeit lieber mit Elise vertrieb, die übrigens nach all dem immer noch meine Freundin ist – vielleicht gerade deswegen, weil sie mir die Augen über einen möglichen Fehltritt geöffnet hat. Meine Mutter würde selbst dies nicht verstehen. Sie würde ausflippen. Vielleicht erzähl ich ihr es doch, kann mir ja egal sein, was sie dann macht. Ja, vielleicht nimmt sie mir sogar die hässlichen Entchen wieder weg.

Soll ich meinem Vater auch Bescheid sagen, dass ich mich zum Feiern umentschieden, beziehungsweise überreden lassen habe. Wenn er weiß, dass Mama da ist, kommt er wahrscheinlich sowieso nicht. Sehen würde ich ihn trotzdem gerne noch mal, bevor ich meine Reise antrete – die letzte.

Die Schlange an der Kasse ist unendlich lange. Und das gerade heute. Wie soll ich das nur alles schaffen? Aufräumen, backen, putzen, staubsaugen. Ich habe jetzt schon keine Lust mehr. Kurz vor acht schon. Erstaunlich, wie unruhig jeder ist, ist das immer so? Was für grelle Lampen hier hängen und wie unangenehm die Plastiktüten riechen, wie ranziges Öl. Igitt! Seit wann ist hier ein Post-Lotto-Laden? Ist der immer schon hier? Und ich fahre ständig in die Stadt wegen den Päckchen. Dabei ist hier ein Shop direkt in meinem Supermarkt, in dem ich zweimal in der Woche einkaufe und einen Teil meines Lohnes lasse.

Ich fühle nicht nur nichts, ich sehe auch nichts. Mein Leben ist wirklich erbärmlich unübersichtlich. Mal sehen, was ich sonst noch nie bemerkt habe. Den Bäcker kenne ich und den Kaffee auch, sehr gut, kräftig und aromatisch. Die hässlichen Fliesen hier sind mir schon beim ersten Mal aufgefallen und der nette Verkäufer, der möglicherweise der Chef von dem Laden sein könnte. Ja, es muss der Chef sein. Welchen Grund hätte er sonst auch, zu jedem so freundlich zu sein? So viele Menschen. Obwohl ich hier seit sieben Jahren meinen Körper ernähre, kenne ich keine Menschenseele, niemanden, nicht mal flüchtig. Wie auch, wenn ich die ganze Zeit in meinem Büro verbringe und die Straße erst betrete, wenn die Nacht mich begrüßt? Seit meiner Studienzeit habe ich keine neuen Bekanntschaften mehr gemacht. Alle Freunde, die ich habe, sind aus einer Zeit, in der ich die war, die ich jetzt nicht mehr bin. Vielleicht ist das ja auch mein Problem, warum ich das Gefühl habe, stehen zu bleiben.

Das Gefühl, stehen zu bleiben.

Das Gefühl.

Fühlt sich so stehenbleiben an? Ich stehe an der Supermarktkasse in einer langen Schlange und warte, bis ich an der Reihe bin.

Ich habe keine Lust mehr, ständig zu warten.

Immer warten, warten, warten. Immer warte ich nur, bis alles besser wird. Ich warte, bis der Tag vorüber, der Kaffee durch und das Leben vorbei ist. Warten ist so endlos frustrierend.

Dreiundvierzig Euro Siebenundzwanzig.

O nein, jetzt ist der Autoschlüssel nach ganz unten gerutscht. So viel Mist in der Tasche. Da ist er. Ein Los, ein Euro. Mal schauen, ob sich die Investition gelohnt hat.

Na dann, viel Glück! Besser, ich schenke es mir morgen früh selbst. Vielleicht entwickelt sich ja noch dieses Gefühl von Neugierde auf das, was drin ist. Ich habe noch nie gelost. Doch, auf dem Volksfest, am Rot-Kreuz-Stand. Aber nur, weil es dort keine Nieten gegeben hat.

Ich hätte früher öfter zocken sollen, dann wäre vielleicht niemals diese Leere in mir entstanden, die so stark an mir haftet, dass der Wunsch zu sterben größer ist, als der Wille, etwas Neues auszuprobieren.

Da ist sie wieder – diese Leere.

Warum wieder warten?

Leider nicht, sagt sogar das Los, das ich gezogen habe. Mein Leben beschreibt dieses Los haargenau–: leider nicht. Selbst ein Glückskeks hätte diese Botschaft für mich haben können.

Der Texter der Glückskekse ist bestimmt genau so unglücklich mit seinem Leben wie ich und lässt seinen Frust über das nicht erhaltene Glück an seinen Nächsten schriftlich durch Sätze aus, wie: „Machen Sie Ihre Steuererklärung", „essen Sie mehr Fleisch", oder: „Leider nicht".

„Leider nicht" ist wohl mein gezogenes Los über mein persönliches Glück zum Unglück.

Was hat noch mal mein Psychologe in der letzten Sitzung zu mir gesagt? Dass jeder Mensch einen Sinn im Leben hat, eine Lebensaufgabe sozusagen, und jetzt, wo ich hier in meinem mächtigen SUV mit dem wohlriechenden Ledersitzen Richtung meiner Loftwohnung fahre, fällt mir plötzlich ironischerweise mein persönlicher Lebensauftrag ein: zu fühlen, wie es ist, wenn man stirbt.

Beziehungsweise zu fühlen, wie es ist, wenn man tot ist, obwohl man lebt.

Kann das einem überhaupt auffallen, dass man lebt, obwohl man sich nicht mehr fühlt? Wann kommt der entscheidende Punkt, in dem einem das bewusst werden kann? Eigentlich doch dann schon, wenn ich nur die Frage stelle, oder?

Egal, ich werde mir diese Frage sowieso nicht mehr beantworten können, weil ich mich schon viel zu weit von dem entfernt habe, was dazu nötig ist, um genug Lust aufzubringen, um überhaupt eine Antwort darauf bekommen zu wollen.

Den Weg zum Ziel, zu meinem Lebenssinn, der Sinn zu sterben, den kann sowieso nur ich alleine gehen. So werde nur ich dieses Gefühl, das ich daraus gewinne, mit mir nehmen, und darauf freue ich mich so sehr, doch noch etwas in mir tragen zu können, das mich erfüllt, bevor ich diese Welt, in der ich taumle, für immer verlassen werde.

Jetzt hab ich überhaupt nicht aufgepasst. Wie lange ist der Kuchen schon drin? Ich denke, ungefähr zehn Minuten oder so. So schmutzig ist es eigentlich gar nicht. Das Staubsaugen spare ich mir einfach, wird ja sowieso morgen wieder dreckig. Es macht doch mehr Sinn, nach einer Party aufzuräumen als zuvor und danach noch mal.

Dann wäre das schon mal erledigt. Die Toilette könnte ich noch sauber machen.

Wo hat Martha die Putzlappen aufbewahrt?

Wenn man nicht alles alleine macht, findet man gar nichts mehr. Aber alleine schafft man auch nicht alles. Obwohl! Würde ich nicht so lange arbeiten, dann hätte ich auch Zeit, meine Wohnung zu putzen. Ich würde sogar das Geld für die Putzfrau sparen und hätte so gesehen nicht weniger verdient.

Aber möchte ich das eigentlich? Alles selber machen, wenn ich nicht muss?

Wenn ich mehr Zeit zu Hause verbringe als in der Arbeit, dann würde es nur noch schlimmer hier aussehen und ich hätte genau so viel zu tun. Doch in der Arbeit mache ich den Dreck für die anderen weg, und zu Hause wäre es nur mein eigener. Dann geht es meiner Putzfrau so wie mir. Ein Teufelskreis. Ich gehe in die Arbeit, damit ich mir jemanden leisten kann, der meinen Dreck wegmacht, damit ich wiederum Zeit habe, den Dreck der anderen zu erledigen. O Mann, was für ein Mist.

Der Kuchen muss raus.

Halb eins. Erst. Oder schon? Ich bin überhaupt nicht müde. Habe ich alles erledigt?

Tisch ist gedeckt. Check. Kuchen ist fertig. Check. O nein, ich hab total vergessen, den Termin beim Psycho-Doc abzusagen. Ach, dem rede ich jetzt noch schnell auf den Anrufbeantworter.

Soll ich doch schon meine Sachen packen und mich heimlich aus dem Staub machen? Wer hat eigentlich den Schlüssel zu meiner Wohnung?

Niemand! Nicht einmal meine Mutter. Gerade ihr gebe ich meinen Schlüssel nicht. Die würde hier ja alles umdekorieren. Nee, danke.

Soll ich ihn dann einfach von außen stecken lassen?

Wieso habe ich niemandem einen Ersatzschlüssel zu meiner Wohnung gegeben?

Was wird eigentlich mit meiner Wohnung, wenn ich weg bin?

Soll ich noch einen Abschiedsbrief verfassen, in dem ich mein Hab und Gut auf all diejenigen verteile, die ich kenne?

Kenne ich die, die ich meine zu kennen, wirklich so gut?

Kenne ich die Ängste von jedem einzelnen? Kenne ich meine Ängste? Die Lieblingsfarbe von Melody? Die Wünsche von Maud? Sexuelle Vorlieben oder Bedürfnisse jedes einzelnen oder selbst von mir? Nein, so gesehen sind alle, die ich kenne, Fremde für mich, und wer gibt schon einem Fremden den Schlüssel zu seiner Wohnung, in der alles ist, was man ist?

Bin ich wirklich alles, was hier rumsteht?

Eine Soundanlage? Ein Sofa? Eine unbeschreiblich teure Küche?

Meine Küche wäre ich schon gerne, wenn ich es mir aussuchen könnte.
Möchte ich dann tatsächlich eine Küche sein? Eher nicht.
Wie oberflächlich man doch so lange nebeneinander her leben kann, ohne nur das geringste über einen zu wissen. Vielleicht war ich aber nicht aufmerksam genug und hätte mehr beobachten sollen, um erkennen zu können, was zum Beispiel Elise gerne isst, wenn wir in unserem Lieblingsrestaurant stundenlang uns über andere unterhielten. Vielleicht hätten wir uns mehr über uns erzählen sollen, anstatt über die Fehler der anderen zu lästern?
Vielleicht wüsste ich jetzt, was meine wahren Bedürfnisse sind, oder die von Elise zumindest?
Darf man überhaupt Bedürfnisse haben?
Was habe ich eigentlich für Bedürfnisse?
Ist der Wunsch, sterben zu wollen, ein Bedürfnis oder eher ein Wunsch, der bedürftig ist?
Drei Uhr vierundzwanzig. Das wird wieder eine kurze Nacht.
Wo sind meine Tabletten? Eine wird reichen, sonst werde ich morgen nicht wach.
Schön ... Sie fängt zu wirken an. Ach, welch' ein Segen, so eine kleine Tablette.

Ja, ist ja gut. Ich steh ja schon auf! Blöder Wecker, sei still!
Alles Gute zum Vierzigsten, meine Liebe. Älter wirst du nicht werden, das ist sicher, aber der Wecker stirbt zuerst. Stecker raus und aus.
Wie schau ich denn heute aus? Wow, meine Augenringe. Eine Pracht! Bin ich froh, wenn der Tag vorüber ist. Ich brauch erst mal einen Espresso, einen doppelten. Dann fahre ich ins Büro. Um zwölf höre ich heute auf. So schaffe ich noch alles gemütlich, fahre beim Bäcker vorbei und hole Baguettes. Ja, und dann kommen die unerwünschten Abschiedsgäste. Vielleicht wird es ja ganz lustig.
Mir ist übel, total schlecht. Vielleicht eine Nebenwirkung von der Schlaftablette?
Es war sicher zu spät, sie zu nehmen. Ich sehe alles verschwommen, als wäre überall Nebel. Ich werde verrückt, ich verliere die Kontrolle, ich muss mit dem Psycho-Doc reden. Jetzt!

Gut, dass er es mir nicht übel genommen hat, dass ich den Termin abgesagt habe und der Termin noch frei ist. In einer Stunde soll ich bei ihm sein, also schnell ins Büro, Termine verlegen.
Termine verlegen?
Termine absagen ist besser.
Keine Termine mehr. Nie wieder Termine haben. Ach, was für ein schöner Gedanke.
Was zieh ich heute an? Den Rock, die weiße Bluse und die hohen Schuhe dazu.

Sieht super aus zu den Augenringen. Die muss ich überdecken, so kann ich nicht unter die Leute gehen.

Besser.

Schon so spät! Ich mache mir einen Espresso im Büro. Einen doppelten.

Ob meine Kollegen wissen, dass ich heute Geburtstag habe? Wenn ja, sie würden mir trotzdem nicht gratulieren. Mit wem habe ich dort auch schon was zu tun? Ist ja auch nicht so wichtig.

Oder?

Sieben Uhr genau. Niemand hier. Noch nicht.

Was riecht hier so komisch?

Was ist das für ein Geruch?

Riecht modrig. Woher kommt das?

Die Orchidee badet in abgestandenem Wasser und das sicher nicht erst seit gestern. Na toll, selbst den Blumen in meinem Büro steht das Wasser bis zum Halse. Schrecklich, ich hab einfach jeden Montag gegossen, weil es sich so gehört. Weil ich es immer so mache. Was ich alles so mache, weil es sich so gehört.

Was tue ich die letzten Stunden jetzt hier? Die Unterlagen durchzuwälzen, bringt es jetzt auch nicht mehr. Dann bring ich stattdessen mal die Kaffeemaschine zum Laufen. Ich habe noch nie den ersten Kaffee aus der Maschine getrunken, und das, obwohl ich immer die Erste im Büro bin.

War.

Es ist normalerweise immer die Empfangsdame. Sie spült die Maschine, stellt danach ihre Tasse darunter und wenn die Tasse voll ist, sagt sie: „Schön."

Ob sie das heute auch sagen wird?

Sie kommt.

Was macht sie da? Sie schaltet doch tatsächlich die Maschine ab und spült sie.

Das kann doch nicht sein. Der ist auch nicht mehr zu helfen. Da macht man es ihr leicht und sie denkt, sie habe gestern vergessen, die Maschine auszuschalten.

Ist es denn wirklich so schwierig, etwas anders zu machen?

Ich habe noch nie meine Beine auf meinem Schreibtisch abgelegt.

Und warum?

Weil er sündhaft teuer war. Mein erster Schreibtisch aus meinem Lieblingsholz. Sheesham. Ist der schön. Ich hab auch noch nie meine Kaffeetasse ohne Untersetzer auf dem Holz abgestellt.

Wobei. Die Tassenränder oder Kaffeeflecken würden mit dem Holz verschmelzen. Das sähe bestimmt gut aus. Ach, was soll's? Tonne auf. Untersetzer adé!

Und für was habe ich eigentlich diese Soundanlage in meinem Büro? In meiner Naivität dachte ich, mit Musik würde es sich einfacher arbeiten lassen. Und durchs viele arbeiten habe ich ganz vergessen, dass sie dort drüben steht. Unbenutzt.

And I wonder who's lovin' you. Ja, danke Michael Jackson, das frag ich mich auch. Tonne auf. CD adé. Jetzt weiß ich auch, warum die Anlage nie gelaufen ist.

Tim hat sie mir geschenkt. Zur Verlobung. Mit unserem Lied. Vergiss es einfach.

Die Anlage hat genauso geschwiegen wie er seit diesem totgeschwiegenen Tag.

Mensch, riecht das Holz gut. Ich hätte jeden Tag die Tasse auf einer anderen Stelle abstellen können, dann hätte es immer gut nach Sheesham Holz geduftet, und die heiße Tasse hätte viele schöne kreisrunde Muster in den Tisch gezeichnet. Das hätte bestimmt richtig gut ausgesehen, und ich hätte was Kunstvolles in der Welt zurückgelassen.

Ja, was lasse ich eigentlich zurück, wenn ich gehe?

Außer unvollendete Probleme. Vielleicht ist ein unvollendetes Problem noch kein ganzes, und erst, wenn ich es quasi rund gemacht habe, ist es ein komplettes Problem, das behandelt werden kann. So gesehen habe ich wirklich kein Problem, zumindest kein offensichtlich ganzes. Vielleicht möchte ich ja nur eine Diagnose haben, damit ich eine Ausrede habe, warum ich so bin, wie ich bin.

Wie bin ich eigentlich?

Bin ich das, was andere über mich behaupten, oder die, die ich sein möchte?

Kann ich sein, wer ich sein möchte, und wenn ja, wer möchte ich dann sein?
Ich weiß, wer ich nicht sein mag, und von der bin ich sehr viel. Ich bin unglücklich, launisch, fühle mich in mir einsam und leer, ich bin zu anspruchsvoll, und meine Erwartungshaltung ist dort, wo sich nicht einmal ein Riese hinzustrecken vermag. Vielleicht hatte der Psychologe ja recht, als er meinte, dass ich mir durch meinen zu hohen Anspruch nur alles vom Leibe halten möchte, um keine Verantwortung übernehmen zu müssen, und ich mir dadurch einrede, dass nichts und niemand gut genug für mich sei.
Ja, könnte sein, aber wo soll ich meinen Anspruch runterschrauben?
Ach ja, die Antwort hat er mir ja schon gegeben – zuerst bei mir! Doch ohne meinen übertriebenen Anspruch an mich selbst hätte ich auch nicht so viel in meinem Leben erreicht.
Was habe ich eigentlich erreicht in meinem Leben?
Dass ich unglücklich bin, mich einsam fühle und mir nichts mehr auf der Welt wünsche, als zu sterben. Wie erbärmlich doch diese Erkenntnis ist, dass Ansprüche nur Unglück bringen!
Aber wie kann man etwas in seinem Leben erreichen, wenn nicht mit Anspruch?
Ich bin ja sogar anspruchsvoll, wo und wie ich sterben möchte.
Darf man sich überhaupt das Recht für solch eine Entscheidung herausnehmen?
War das nicht Chefsache?

Ein Urteil, das nur der dort oben zu fällen hatte? Der Wille des Unbegreiflichen und nicht der Wille einer, die gefühlvoll sterben möchte?

Ja, du siehst bestimmt gerade kopfschüttelnd zu mir hinunter oder eher zu mir herab, mit strengem Blick. Du redest bestimmt gerade mit mir oder versuchst es zumindest. Streng dich gar nicht erst an, ich weiß schon, was du mir sagen möchtest.

Wer gefühlvoll sterben möchte, muss erst mal ein Gefühl für das Leben entwickeln!

Als wäre das meine Aufgabe, und als Belohnung darf ich dann die Himmelspforte durchqueren. Du grinst sicher gerade diabolisch und schreist in meine Richtung: "Verzogene, undankbare Göre." Dann verschwindest du wieder hinter den Wolken und redest nicht mehr mit mir. Seit meiner Kindheit habe ich diese Verbindung nach oben verloren. Es ging alles so einfach. Ich hatte immer dieses Gefühl, dass alles in Ordnung ist, dass jeder meiner Wünsche erfüllt wird. Wenn nicht morgen, dann irgendwann. Dieses Gefühl, dass es mehr gibt als all das, was ich in den Händen halten kann, hatte ich damals so stark, dass ich mich sogar jetzt noch daran erinnern kann, und egal, was ich in der Zwischenzeit angestellt habe, ich habe es immer mehr verloren, so sehr, dass nichts mehr als diese laue Erinnerung in mir gerade jetzt aufflammt, eine Erinnerung, die nur noch in meinem Kopf, jedoch nicht mehr in meinem Herzen existiert. Diese unbeschreibliche Leere in mir ist kein Gefühl, in dem ich mich baden möchte, ich möchte wieder dieses Gefühl von Fülle, dieses Gefühl von Zuhause haben. Ich erinnere mich wirklich nicht mehr daran, und trotzdem meine ich genau zu wissen, was mir so sehnlichst fehlt. Niemand wird jemals verstehen oder nachempfinden können, was es für mich bedeutet, wenn ich sage, ich möchte nur sterben, damit ich wieder fühlen kann.

Nur eine Sekunde!

Nur eine verdammte Sekunde fühlen!

Was würde ich dafür nur geben, für dieses unbeschreibliche Gefühl von Sicherheit, dass alles im Plan ist.

Schon so spät? Mein Termin. Ich muss los.

O nein, ich habe das Fenster offengelassen. Jetzt muss ich später doch noch mal ins Büro oder soll ich schnell noch mal hoch gehen?

Nein. Keine Zeit.

Was passiert eigentlich mit meinem Auto, wenn ich ..., wenn ich weg bin?

Ich lege einfach alle Ordner und Schlüssel auf dem Küchentisch ab, wenn ich die Wohnung verlasse. Kann mir ja auch egal sein, was mit allem passiert, oder? Wobei es mir lieber wäre, wenn Papa das Auto hat.

Dieses ständige Gelaber im Radio nervt mich. Mein Gott, dann haben wir halt jetzt dieses blöde G8. Es gibt so viel, was für die Katz' ist, und das G8 geht auch noch mal vor die Hunde. Was soll

das bitte auch für eine Logik sein? Noch eher fertig werden, damit man noch länger arbeiten muss, um noch weniger Rente zu bekommen. Der deutsche Staat weiß schon, wie er sein Volk ausbluten lassen kann. Von mir bekommt er nichts mehr. Genauso züchtet man sich noch mehr gefühllose Zombies wie ich einer bin. Maschinen, die im Hamsterrad laufen.
Kein Parkplatz frei, typisch! Zehn Minuten hab ich noch.
Zwei Minuten.
Da ist einer. Ein Behindertenparkplatz. Gut, den nehme ich – und schnell weg.

Wie mir der Smalltalk der Empfangsdame auf die Nerven geht. Redet die eigentlich nur oder sagt die auch mal was? Eines ist jedenfalls sicher: In meiner Krankenakte hat sie nie gestöbert, denn sonst würde sie mich nicht immer danach fragen, wie es mir geht. Ich bin auch noch so dämlich und antworte ihr immer freundlich: „Sehr gut, und selbst?"
Wie falsch bin ich denn?
Aber setzt der Smalltalk nicht diese gewisse Art von Unehrlichkeit voraus?
Denn würde ich wissen, wie es mir geht, würde das Gespräch wohl länger dauern als nur läppische fünf Sekunden. Sie müsste sich dann wohl aus angepasster Freundlichkeit, weil man das ja so macht, erkundigen, warum es mir so geht, wie es mir gerade geht, und dann würde ich von dem einen zum anderen kommen und ihr,

einer Fremden, mein ganzes Herz ausschütten. Danach würde sie noch was aus ihrem Leben erzählen, was sie beschäftigt, wenn ich schon so offen war, aus Solidarität oder so, und dann würde jeder seinen Schmerz oder seine Freuden nach außen tragen, so dass jeder die Wunden des anderen lecken könnte, wenn er wollte oder den Salzstreuer darauf ausschütten, um die offenen Stellen des anderen schmerzhafter zu würzen. Nein, besser ich bleibe bei dem, was alle machen: schön oberflächlich sein, dann bleibt alles da, wo es hingehört, und zwar bei jedem selbst!

Ich bin schon dran? Später kommen zahlt sich also aus.

Jetzt fragt der mich auch noch, wie ich mich fühle. Deswegen bin ich doch hier, Herr Doktor, weil ich nicht weiß, wie ich mich fühle.

Ja, meine Konditionierung sitzt immer noch, mir geht es gut, so weit. Ich bin keine Gefahr für die Gesellschaft.

Er glaubt mir nicht. War auch klar. Ich habe viel zu schnell geantwortet.

Was mache ich hier eigentlich noch?

Der Nebel vor meinen Augen ist verschwunden, und meine Antwort, was ich möchte, habe ich auch schon. Wie beende ich jetzt dieses sich im Kreis bewegende Gespräch nur?

Was soll ich jetzt bitteschön mit diesem Buch? Will der mich verarschen?

Mach einfach, was er sagt. Widerstand ist sowieso zwecklos bei dem. Ich komme sonst gar nicht mehr hier raus.

Also, was haben wir denn hier? *Das Buch des Mirdad. Der Feuersteinhang.* „Diesen Abhang zu ersteigen, ist der Kreuzgang des Menschen, bei dem er entweder lebt, um zu sterben, oder stirbt, um zu leben."
Bei dem er entweder lebt, um zu sterben, oder stirbt, um zu leben? Versteh' ich nicht.
Wieso bestraft er mich so? Ich habe keine Lust, den Wälzer zu lesen. Wann denn auch?
Sag einfach zu allem Ja und Amen, nehme das Buch mit und geh.
Vorgetäuschte Einsicht bringt einen überall hin, nur nicht weiter.
Jedenfalls bin ich entlassen worden – ins Unbekannte – mit noch mehr offenen Fragen und einem Buch, das laut des Psycho-Docs Antworten bietet. Warum jetzt? Jetzt, wo ich keine Antworten mehr möchte.
Sage ich jetzt auf Wiedersehen oder einfach tschüss?
Jetzt habe ich gelogen, denn wiedersehen werde ich wohl hier niemanden mehr.
Wieso sagt er, ich hätte alles verschwommen gesehen, weil ich der Realität nicht ins Auge blicken möchte?
Was war das denn für ein Ratschlag? Ich soll meinen Blick nach innen wenden? Wird so was heute in einer seriösen Uni für Psychodocs gelehrt?
War es richtig von mir, bei jemandem Hilfe zu suchen, obwohl ich irgendwie ahnte, dass mir niemand helfen kann? Ich bin selber schuld. Was man nicht alles wegen diesen Tabletten macht. Bin

ich froh, dass ich hier weg bin. So gut habe ich mich schon lange nicht mehr gefühlt. Und mein Auto steht auch noch da, kein Strafzettel. Was für ein Tag.

Wer kommt alles? Mama. Kommt Papa auch? Maud, Jakob, Ben. Melody wollte noch eine Überraschung mitbringen. Hoffentlich nichts zu essen, denn da greift sie jedes Mal mehr als weniger daneben. Elise kommt, Bruder mit Freundin, Tante Minna sowieso, dann sind wir ungefähr zehn, maximal vierzehn Personen. Wer weiß, wer noch vorbeikommt, um mir unbemerkt Lebewohl zu sagen. Zwei Baguettes und ein Brot reichen für uns alle bestimmt. Acht Euro vierundsiebzig. Sind die verrückt? Acht Euro vierundsiebzig? Wann war ich das letzte Mal Baguettes kaufen? Neunzehnhundertzweiundachtzig oder so – als man sich noch ein Baguette leisten konnte. „Unser täglich Brot gib uns heute" war mal gestern bei den Brotpreisen. Egal, ist sowieso mein letztes. Riecht das gut. Es ist noch warm. O nein, überall Brösel auf den guten Sitzen. Fenster schließen und dann nach Hause. Die Baustelle ist auch nicht erst seit gestern hier, oder? War die heute Morgen schon? Wie die Trauerweide ihre schweren, hängenden Zweige über das aufgerissene Straßenloch tanzen lässt. Sieht aus, als wolle die Weide vor dem Hindernis warnen. Seit vierzehn Jahren parke ich auf demselben Parkplatz direkt neben der Eingangstür. Niemals zuvor hat jemand anderes aus der Firma auf diesem Platz geparkt. Jeden Morgen war er frei – nur für mich, als erwartete er mich schon. Der Einzige. Nur einmal war er besetzt.

Von der neuen Praktikantin damals. Seither ist er immer frei geblieben. Hatte sie wegen mir gekündigt? Ich hoffe nicht. Nach meinem Anfall hatte bestimmt keiner mehr Lust, mit mir zu tun zu haben, und bestimmt deswegen ist dieser Platz immer reserviert geblieben – nur für mich. Irgendwie gut für mich, aber diese Art von Rücksicht hätten sie sich auch sparen können. Rücksicht hat mich auch nicht zu einem besseren Menschen werden lassen und die anderen sowieso nicht. Wieso lässt mir jeder alles durchgehen? Mit mir kann man doch reden, und kritikfähig bin ich doch auch, oder eher kritikbereit. Trotzdem. Rücksicht. Rück-Sichts-Voll. Genau, wenn man rücksichtsvoll ist, bleibt man immer im Gestern hängen, lässt jemandem seine Marotten durchgehen und erträgt somit etwas Störendes bis ins Unerträgliche hinein. Aus des Friedenswillen ändert man nichts, weder sich mit einem befreienden Feedback oder den anderen mit ernüchternder Erkenntnis. Zusammenfassend ist Rücksicht also nur etwas für Opfer. Für Menschen mit Ausreden. Wie erfahrungslos mich diese Art von Rücksicht bleiben ließ, wie wenig mich die anderen zum Besseren hin ändern ließen. Wie traurig es doch ist, sich nicht ändern zu müssen, weil ein anderer aus Rücksicht keine Worte der Besinnung in dieser völlig unangebrachten Situation in meine Richtung sprach. Vielleicht sollte ich eine Feedbackrunde heute an meinem Geburtstag einführen, in der jeder mir ein paar Dinge über mich mitteilen darf, die ihm als positiv oder negativ in den letzten Jahren aufgefallen sind, und bei denen sie sich wünschen würden, ich könnte sie ändern, um ein glücklicheres und endlich wieder fühlenderes Leben für mich zu schaffen.

Wer war in meinem Büro und hat das Fenster geschlossen?

Da war sie kurz wieder?

Diese aufbrausende Wut. Ebenso schnell ist sie im Nichts verpufft, wie sie gekommen war.

Wo ist sie hin?

Nicht einmal das Gefühl von Wut möchte bei mir bleiben. Aber wenn sie gerade nicht bei mir ist, ist sie dennoch in mir. Das würde ja heißen, dass ich doch noch fähig bin zu fühlen, wenn dieses unangenehme Gefühl der Wut gerade hochkam. Kurz, aber ich habe es gefühlt.

Wieso muss ich, wenn ich schon mal fühle, Wut fühlen?

Ich möchte so unendlich gerne Liebe fühlen.

Liebe.

Was ist das für ein Zettel auf meinem Schreibtisch?

„Sehr geehrte Frau blabla, ich habe mir erlaubt, Ihr Fenster zu schließen, als ich gesehen habe, dass Sie die Firma verlassen haben."

Aha! Wer kontrolliert mich bitte, wenn ich die Firma verlasse?

Rebecca. Empfangsassistenz.

Wer?

Ich bedanke mich einfach bei ihr. Was soll's? Mehr gibt es für mich sowieso nicht mehr zu tun. Kündigen brauche ich auch nicht, so kurzfristig ist das unzulässig, an die vertraglichen Bedingungen muss ich mich bei meinem Vorhaben nicht halten. Erstaunlich, ab wann man sich alles leisten kann, und zwar erst dann, wenn man nichts mehr zu verlieren hat. Soll ich ihr als Dankeschön meinen Schreibtisch hinterlassen oder ist das zu auffällig? Ich könnte sagen, ich bekäme die Tage einen neuen. Warum nicht? Ist das da drüben Rebecca? Die Praktikantin? Die, die auf meinem Parkplatz vor Jahren geparkt hat? Sie arbeitet immer noch hier. Das beruhigt mich. Sie ist noch da. Bin ich froh. Ich hab doch niemanden in die Flucht geschlagen. Ich hatte ja gar keine Ahnung, dass die Empfangsdame die damalige Praktikantin ist. Sehr aufmerksam von mir. Meine Chance, wieder was gut zu machen.

Ich bin zufrieden mit mir. Den Tisch holt sie gleich morgen mit ihrem Freund ab. Gut. Irgendetwas ist jetzt anders. Hab ich schon jemals einem Fremden so etwas Wertvolles geschenkt? Sicher nicht. Ganz sicher nicht. Wie wertvoll doch die Momente werden, wenn der Abschied an die Türe klopft. Berauschend irgendwie. Das hat gut getan. Und es reut mich nicht einmal um das Geringste, wem ich es gegeben habe. Sie hat es sich verdient. So oder so.

Lebe wohl zu sagen, fällt mir viel zu leicht, kein Wunder. Auf Wiedersehen dagegen würde mich wie eine Heuchlerin wirken lassen. Kein Blick zurück. Setz' dich in dein Auto. Dreh den Schlüssel um und leg den Gang ein – ein letztes Mal war ich dort. Ein allerletztes Mal. Der Geruch sitzt mir fest in der Nase, von dem luftlosen Fahrstuhl und dem billigen Linoleum im Eingangsbereich. Das Parfüm von Rebecca, gemischt mit ihrem Schweiß. Selbst der von unzähligen Sparlampen verzierte Flur gab einen seltsamen Geruch von den Lichtern ab. Irgendwie chemisch, wie erwärmtes Gift.

Was werden sie tun, wenn ich nicht wie immer pünktlich zur Arbeit erscheine?

Wird es ihnen überhaupt auffallen oder sind sie eher froh, dass ich weg bin?

Es wird bestimmt niemand nur im Geringsten in Erwägung ziehen, sich nach mir zu erkundigen oder bei mir durchzurufen. Vielleicht denken sie sich, das wird schon seine Richtigkeit haben und irgendjemand hat verpeilt, meinen Urlaub in der Liste zu notieren. Dann warten sie einfach mal eine, zwei, drei Wochen, und danach haben sie mich sowieso schon vergessen. Der Schreibtisch ist ja bis dahin weg, ein neuer kommt rein und meine Erzfeinding aus der Finanzabteilung, Frau „Du kannst mich mal, weil gemacht wird, was ich sage, denn ich bin viel schöner, jünger und habe Sex mit dem Chef", zieht dann in mein Büro ein. Dieses billige Flittchen hat ganz vergessen, dass ich ehrgeiziger bin, als sie jemals werden wird, denn Sex mit dem Chef hatte hier schon jeder, außer ich, und das ist meine Waffe, zumindest bis jetzt gewesen, ihn bei Laune zu halten. Diese Männer kann man doch echt immer mit dem Einen locken oder in meinem Fall ködern, dass sie erst dürfen, wenn ... Wäre er nicht so stinkreich, seine Frau hätte ihn schon lange verlassen, denn ich bin mir sicher, sie weiß Bescheid. Und noch eine rote Ampel. Eine Stunde noch bis zu meiner Abschiedsparty. Wie war das noch auf diesem Empfang, an dem sich der liebe Chef in Anwesenheit seiner erwählten Ehefrau an alles rangrapschte, was gerade frisch von der Uni kam? Ihren Blick werde ich niemals vergessen, als eine der Praktikantinnen schnurstracks auf ihn zusteuerte, ihm ihre Zunge in den Hals steckte und dann sagte: „Ich hab dich schon überall gesucht, mein Alles." Wie sie neben ihm versuchte, vor all den Menschen die Fassung zu bewahren, und so tat, als hätte sie gerade nichts von all dem mitbekommen. Eine intelligente, attraktive Frau mit einem Harvard Abschluss in Jura, aus bestem Hause, künstlerisch begabt, liebevoll und attraktiv zugleich, genau diese Frau lässt sich wie Dreck behandeln von einem schleimigen Vollidioten, der nur durch das Erbe seines Vaters an alles gekommen ist, was er heute besitzt. Warum lässt sich genau diese Frau so etwas gefallen? Durch ihn ist eine weitere Powerfrau verloren gegangen. Ja, schade darum. Ich wünschte, sie würde in den Spiegel sehen und die Frau erkennen, die ich in ihr immer gesehen habe. Eine starke Frau, die für sich selbst stehend stabiler ist als mit diesem Klotz am Bein. Vielleicht schreib ich ihr noch ein paar Zeilen, vielleicht ist das aber auch nicht mein Problem. Vielleicht möchte sie ja auch gerne mit mir kommen? Nein, die Reise trete ich alleine an.

Was macht bitte jetzt schon der Wagen von Mama vor meiner Türe?

Was für ein Quatsch. Ich hab ihr doch gesagt um zwei und nicht um eins. Das sie nie zuhört. Würde es nur sie in meinem Leben geben, ich hätte schon vor Jahren meinen Rucksack gepackt. Jetzt fängt sie schon wieder damit an.

Nein, ich habe immer noch keinen Mann an meiner Seite, der mir das Leben schwer macht. Es sind keine drei Minuten verstrichen und sie nervt gleich mit diesem Thema.

Wo ist eigentlich Samuel? Wieso kommt Mama ohne Samuel? Weil sie vermutet, dass Papa heute hier auftaucht? Ob Papa kommt? Ich hoffe es. Wenn er wirklich wegen ihr nicht kommen sollte, dann muss sie diesmal gehen. Schließlich ist sie daran schuld, dass ich die Geburtstage mit ihm an nur einer Hand abzählen kann.

Was bringt einen Menschen dazu, solch ein gravierendes Geheimnis mit sich rumzutragen? Ein Kind muss doch wissen, von wem es die anderen fünfzig Prozent seiner Persönlichkeit hat. Und wie soll man Vertrauen zu jemandem aufbauen, wenn man von Anfang an belogen wurde? Vielleicht ist es auch unwichtig, von wem man gezeugt wurde, und manchmal ist es bestimmt sogar besser, es nicht zu wissen, trotzdem, und gerade deswegen fällt es mir bis heute sehr schwer, jemandem zu vertrauen, und deswegen halte ich auch großen Abstand zu allem, was mit Beziehung zu tun hat. Genau genommen mache ich das schon, seit ich denken kann, ja, da wusste ich noch gar nicht, dass Samuel nicht mein leiblicher Vater ist. Mama hatte auch ihm damit das Herz gebrochen, ganz gewiss, denn er war bis dahin ein vorbildlicher Vater gewesen, der sich rührend um mich gekümmert hat, und ich habe ihn danach wie einen Aussätzigen behandelt. Was konnte er auch schon dafür? Siebenundzwanzig Jahre hat er die Tochter eines anderen großgezogen als wäre es sein eigenes Kind, sogar noch viel besser als die anderen Väter, und ich verurteile ihn, weil er sich mit etwas arrangiert hat, von dem ein anderer nichts wusste. Jetzt, wo ich darüber nachdenke, tut es mir leid, es schmerzt sogar, ihm niemals meinen Dank dafür gezeigt zu haben. Ich mache es wieder gut. Heute noch.

Denn wenn nicht heute, wann dann?

Wann dann, hört sich wie Wan Tan an. Witzig.

Wie eine Aussätzige hab ich mich auch damals gefühlt. Nach dieser Verkündung gab es Mama, Samuel und Alex ... und irgendwo anders, da gab es mich. Und wäre Papa damals nicht als Spender infrage gekommen, sie hätte ihn mir weiterhin vorenthalten. Irgendwann, wenn schon so viel Zeit ins Land gestrichen ist, nimmt man seine Geheimnisse mit ins Grab, und der Rest der Beteiligten stirbt dumm. Dieser Krebs hätte mich damals gerne durchfressen können, doch ich wollte meinen Vater unbedingt kennenlernen. Er ist der Grund, warum ich noch lebe, warum mein Wille zu leben so stark war. Wenn man im Sterben liegt und solch' einen Strohhalm hat, an dem man sich klammern kann, dann ist der Wille zum Leben wieder hergestellt. Doch diesmal existiert nicht einmal ein dünner Faden, der mich aus meinem Elend zurückziehen könnte.

Ich werde sterben – gesund – alleine – um danach befreit zu sein – von mir und der Welt.

Einen vermeintlichen Vater zu haben, der da ist, ist immer besser als gar keiner.

Wie kann ich mich bei Samuel nur jemals dafür bedanken, dass er sein Bestes gegeben hat – bis zu dem Zeitpunkt, an dem Mama ihr Schweigen brach. Mein tiefsitzender Groll Mama gegenüber hat mich von heute auf morgen vaterlos werden lassen. All die Jahre mit ihm waren in nur einer Sekunde verpufft. Alles vergessen, was er jemals für mich getan hat. Es tut mir so leid. Wie kann ich das nur wieder gut machen?

Mit Geld? Meiner Wohnung? Was mag er gerne? Was könnte er ... Ja, genau, das Bild im Wohnzimmer. Jedes Mal, wenn er hier ist, streift er langsam seine Schuhe im Stehen mit einer Hand gegen die elfenbeinweiße Wand gelehnt im Flur ab, sein Handabdruck, man kann ihn sehen. Er sticht gräulich hervor. Und dann stellt er sich ehrfürchtig vor die große Fotografie. Stimmt, er liebt dieses Bild, weil es ihn immer an die Freiheit erinnert, sagte er, genau, er sagte, es erinnere ihn an die Freiheit. Er selbst war niemals ein Flüchtling gewesen und musste, Gott sei Dank, niemals solch' Leid erfahren, aber immer wenn er den Sprung vom Schumann bei mir betrachte, fühle er diesen Drang zu springen.

Einfach die Dinge zu tun, die man liebte, ohne einen Blick zurück. Dieser Entschluss bereite ihm Gänsehaut. Mir auch. Dann drehte er sich zu Mama um und sagte: „Aber wenn man Verantwortung hat, muss man auf dem Boden bleiben." Was für ein Schwachsinn. Man kann doch springen, so hoch man will, auf dem Boden kommt man doch immer wieder auf – nur wie ist eben die Frage. Vielleicht hatte er Angst, nicht mehr bei Mama landen zu können, wenn er zu hoch gesprungen wäre.

Wäre er nur gesprungen.

Ich rufe ihn an und lade ihn persönlich ein. Wenn er dann wieder in Erinnerung schwelgend auf das Bild blickt, gehe ich zu ihm rüber, lege meinen Arm um ihn, ich werde mich für alles bedanken, was er für mich getan hat, und dann deute ich auf das Bild und sage: „Die Freiheit ist dein."

Er kommt. Sehr gut. Jetzt bleibt nur noch die Frage, ob Papa auch kommt. Was soll's? Ich rufe einfach durch.

Sehr schön, er kommt auch. Mama flippt aus, wenn ich ihr das sage. Obwohl, sie behauptet ja immer, man könne sie nicht überraschen. Na, dann werde ich ihr heute mal das Gegenteil beweisen. Sie verliert bestimmt die Fassung. Wie immer. Vielleicht passiert ja auch ein Wunder und sie reißt sich einfach mal zusammen. Ich glaube es ja kaum. Mama wird immer ein bockiges Kleinkind bleiben und jeden weiterhin in Grund und Boden reden. Daran wird sich nichts mehr ändern. Warum auch? Lässt sie ja jeder ihr Ding machen. Kontenance, Kontenance. Ich hoffe, sie bewahrt sie sich. Wie kann ein Mensch, der voller Hemmungen, Widerstand und dem ständigen Bedürfnis nach Anerkennung ist, ständig so ungehalten reagieren? Vielleicht ihre Methode, hemmungslos zu sein und nachzugeben, aber bei ihren ungehaltenen Zornesausbrüchen. Ich weiß nicht. Ich würde das nicht so einfach wegstecken wie Samuel mit seiner Engelsgeduld oder seinem Hang zur bedingungslosen Liebe. Der Arme. Wie aus mir nur so eine erfolgreiche Geschäftsfrau werden konnte, ist mir schleierhaft. Dass ich so gefühllos bin, hab ich jedenfalls von ihr. Ich hab mir mal geschworen, nie so zu werden, und jetzt muss ich leidlich feststellen, dass ich noch viel schlimmer geworden bin als sie. Vielleicht ist ihr ausgedrückter Zorn ihr Instrument, etwas zu fühlen, vielleicht fühlt sie sich aber auch noch weniger als ich und merkt nicht einmal, dass sie mit ihrer Art, sich schreiend unverständlich mitzuteilen, die Menschen, die sie am meisten liebt, dadurch verletzt. Moment. Prinzipiell fühlen ja dann nur die anderen was, wie zum Beispiel Ablehnung, dass man so, wie man ist, nicht in Ordnung ist und ständig Fehler macht, oder unverstanden ist. Ja, was bringt ihr dann das viele Rumgeschreie überhaupt? Dann wird sie genau von denen abgelehnt, von denen sie am liebsten umarmt werden würde. Und dass sie sich selber nicht mag, ist auch offensichtlich. Es ist wie ein Echo, ein Spiegel, in dem man seinen ganzen Frust hineinschreit, und der dir irgendwann dann mal wie ein Bumerang den Kopf abschlägt. Tödliche

Selbsterkenntnis, die man mit dem Gegengift der Reflektion überleben könnte. Wer will auch schon seine Taten reflektieren? Dann müsste man sich ja Fehler eingestehen und zugeben, dass man etwas getan hat, das nicht so angebracht war. Man würde in Schuldgefühle verfallen, und um dem Schmerz des Schams aus dem Weg gehen zu können, würde man einfach alles auf den anderen abschieben. Sehr gut. Tja, nur von wegen würde, so machen es doch alle, oder?

Ich auch?

Ich gebe ihr für so vieles die Schuld. Für so ziemlich alles, was in meinem Leben schief gelaufen ist, und das ist so einiges. Dafür, dass ich unbedingt Klavierspielen lernen wollte und sie es mir ausgeredet hat, weil das nur etwas für schlaue Kinder ist. Sie hätte auch sagen können, dass wir es uns nicht leisten können oder so, nein, sie sagte so was. Mann, war ich wütend. Bin ich immer noch deswegen. Und jetzt? Was hab ich getan? Mir diesen sündhaft teuren Flügel in die Wohnung gestellt, der bis heute jungfräulich unberührt die Ecke im Wohnzimmer ziert. Oder die Geschichte mit meiner ersten großen Liebe, ja, die nehme ich ihr auch übel. Sie hat ihm doch tatsächlich eingeredet, er müsse unbedingt zur Bundeswehr gehen, weil er nur dort lernen könnte, sich unterzuordnen, weil das ja so eine wichtige Eigenschaft für die Arbeitswelt ist. Ja, genau, und was ist passiert? Er bricht sich nach nur zehn Stunden Bundeswehr den Fuß und verliebt sich in die

Krankenschwester. Danke, Mama. Als würde sie sich unterordnen. Im Leben nicht. Hab ich viel geheult. Warum eigentlich?
Für Liebeskummer hatte ich nach der Sache echt kein Gefühl mehr. Ich war stinksauer auf sie, wobei, er hätte genauso gut diese Krankenschwester in einer Bar kennenlernen können. Ohne Beinbruch. Egal, es ist lange her.
Habe ich auch irgendwelche positiven Erinnerungen an sie?
Schwer.
Doch, dass wir keine Mikrowelle hatten. Meine Kochkünste habe ich von ihr. Das war es aber auch schon.
Wieso ist es so wichtig, seiner Mutter zu verzeihen?
Und warum heißt es immer, dass genau dies der Schlüssel zur Freiheit ist?
Sind wir nicht alle schon frei?
Was bedeutet Freiheit überhaupt?
Dass ich machen kann, was ich will.
Dass ich lassen kann, was ich nicht will.
Ist das so schwierig? Frei sein?
Ich kann mir einfach nicht vorstellen, so lange fremdbestimmt zu leben, bis zu dem Moment, in dem man verzeiht.
Ich lebe doch selbstbestimmt mein Leben, oder?
Wenn ich den Satz schon mit oder abschließe, dann eher nicht.
Ich kann ihr nicht verzeihen, schon alleine deswegen nicht, weil sie es nicht verdient hat. Sie hat niemals etwas geändert, hat immer

so weiter gemacht wie bisher und sich nie dafür entschuldigt, was sie mir angetan hat mit Papa.

Würde ich ihr wirklich verzeihen wollen, ich bräuchte Leben dafür, damit alles heilen könnte. Ich komme mit ihrer Verantwortungslosigkeit nicht klar. Wie kann ein Mensch nur so viele Jahre dieses Geheimnis mit sich rumtragen, ohne auch nur mit einer einzigen Wimper zu zucken? Tja, man kann es sich auch einfach machen. Wobei es schon ziemlich hart gewesen sein muss, mir nach Jahren die Wahrheit zu erzählen.

Jeder hat die Freiheit, die Wahrheit zu sagen oder zu schweigen.

Wer kommt jetzt?

Gott sei Dank, Ben. Meine andere große Liebe. Damals zumindest.

Ich mag Veränderung nicht, und trotzdem ist sie mir allemal lieber als sich wie ein Hamster tanzend im Rad zu bewegen. Ach, wie sie ihn schon wieder anhimmelt und ihn bedient. Die zwei. Jetzt rührt sie ihm auch noch Zucker in den Kaffee ein. Diese Schleimerin. Irgendwie ist sie ja doch ganz süß. Irgendwie aber nur.

Was rege ich mich eigentlich auf?

Heute nehme ich alles mal so, wie es ist. Ich bin hier nur ein Gast, der später nach Hause geht, und morgen schon werde ich niemanden mehr von ihnen sehen. Sehr beruhigend dieser Gedanke.

Komm schon, ist es wirklich so schlimm?

Wieso wird alles, was einem so viel Freude bereitet hat, plötzlich aus dem Nichts so unendlich langweilig?

Ich war so unendlich verliebt in diesen Mann, und dann immer diese Besuche im Striplokal. Wo ist da bitteschön der Unterschied?
Ist es kein Fremdgehen, wenn ich dafür bezahle?
War ich ihm nicht genug?
Was fasziniert Männer nur an solchen Frauen?
Mit einer Stripperin möchte ja auch keiner von den Typen, die dafür zahlen, verheiratet sein, und wenn genau dieselbe Frau neben ihnen liegen würde, sie würden sie nicht sehen.
Ob er immer noch in diese Clubs geht?
Wenn Mama das wüsste. Ich habe es niemandem erzählt, so verletzt hat mich das alles. Alles hätte so gut gepasst, alleine schon, wie wir uns kennengelernt haben. Direkt vor der Haustüre. Warum bin ich noch mal zurückgefahren? Ja, genau, ich hatte meinen Büroschlüssel vergessen, geh' nichtsahnend nach oben, weil der Aufzug kaputt war, und da stand er dann. Hatte ich Herzklopfen, als sich unsere Blicke das erste Mal begegnet sind. Dieses Gefühl, wenn die Zeit scheint stehen zu bleiben. Tagelang hatte ich dieses seltsame Gefühl, so verliebt war ich in diesen Fremden. Jeden Tag hoffte ich, ihn wieder zu sehen, und jedes Mal, wenn ich was vergessen hatte, freute ich mich so sehr, weil es mich an ihn erinnerte. Heute, wenn ich was vergesse, bekomme ich in Windeseile eine Krise und verteufle die ganze Welt deswegen.

Erst wollte ich etwas vergessen und nach Wochen wollte ich einfach nur noch ihn vergessen, und als ich dachte, ich hätte ihn überwunden, klingelte es eines Abends an meiner Türe. Dieser Mann, der mir schlaflose Nächte bereitete, stand auf einmal nach Wochen mit einer Flasche Wein vor mir. Unglaublich. Ich hatte ihn gerade überwunden und dann das. Dieser durchdringende Blick von ihm, und ich dachte, dieses Mal lass ich dich nicht mehr gehen. Und dann kam die Routine und die nächtlichen Besuche bei den anderen, und alles änderte sich.

In der Zeit, als ich alleine war, hatte ich mir dieses Bild von einem perfekten Mann kreiert, und als er dann vor mir stand, musste ich erkennen, dass ich nichts zur Gegenleistung zu bieten hatte. Ich glaube, mein Hang zur Perfektion und meine Liebe zur Unzufriedenheit hat unsere Beziehung ermordet. Ich habe unsere Beziehung zerdacht, zergrübelt und zermürbt, einzig und alleine nur durch meine Vorstellung, wie etwas zu sein hat, anstatt dass ich alles so genommen hätte, wie es war, einfach wild, manchmal romantisch und dann wieder zum Verzweifeln, aber immer mit dem Gefühl, geliebt zu sein.

Warum ist genießen nur so schwierig?

Es bleibt ja sowieso nichts für immer, dann könnte man doch die Zeit, die man gemeinsam hat, nutzen und jede Sekunde zusammen genießen. Tja, zu spät, diese Erkenntnis, aber dann nutze ich jetzt die letzten Stunden noch, die mir bleiben, mit den Menschen, die gerade hier bei mir sind. Ja, wir hätten sehr gut zusammengepasst. Wobei ich immer Probleme mit seinem Kontrollzwang hatte und dieses große Bedürfnis nach Sicherheit. Und die Stripperinnen. Es war nur so schwierig, sich fallen zu lassen – die erste Zeit zumindest, bis mir Melody erklärte, dass es auch große Vorteile mit sich bringt, sich fallen zu lassen. „Hört sich sehr schön und einfach an", sagte sie, „es zu tun, ist sehr schwierig, und wenn du es getan hast, wirst du wissen, dass es sehr schön und einfach ist." Ja, es war wahrlich sehr schwierig, mich zu überwinden, ohne Sicherheitsgurt an eine Betonwand zu preschen, aber das Beruhigende, was sie sagte, war: „Wenn man sich fallen lässt und in die Tiefe stürzt, kann man immer noch den Sicherheitsschalter drücken, um sich dann wieder gemütlich in seinem Kontrolldrama verstecken zu können, um wie ein einzelnes Blatt, vom Wind gewogen, langsam und sicher auf dem Boden zu landen." Es gab also auch einen Stoppschalter. So gesehen gibt es Sicherheit im Fallenlassen. Wie paradox, oder eben auch nicht. Dieses Bild von Kontrolle, das ich habe, gleicht einem Gefäß mit einem schweren Deckel. Es kommt nur das hinein, was der konditionierten Vorstellung entspricht, alles andere, alles, wie es wirklich ist, das Essentielle also, um das es gerade geht, gleitet dünnflüssig am Gefäßrand hinunter. Kontrolle, könnte man sagen, lässt nichts durch, lässt nichts rein in die selbst gesetzten Schranken. Das ist sicher. Ja, so fließt das Leben an einem vorüber – unbemerkt, still und ungelebt. Wie ich doch nur in ihn verliebt war. Ob ihm wohl jemals aufgefallen war nach unserer Trennung, dass ich mich ganz nah an ihn heranschlich, um etwas von dem Duft seiner Haare einzufangen? Einfach nur, um den Teil der Erinnerung heraufzubeschwören, der mir damals dieses einzigartige Gefühl von Verliebtheit brachte. Dieser süße Duft seiner frisch gewaschenen Haare machte mich so glücklich. Unvorstellbar, was seine Haare so mit meiner Hormonwelt angestellt haben. Seltsam, dass der Geruch nach unserer Trennung immer noch derselbe war, nur mit dem Unterschied, dass das auslösende Gefühl nie mehr wieder zurückkommen wollte. Ich habe ihn nie gefragt, welches Shampoo er benutzt, ich hätte auch nachsehen können, aber das hätte nur meine romantische Vorstellung von diesem unbeschreiblich verführerischen Geruch entzaubert. Dieser Mann roch nach Ferrari, nach Dolce & Gabana, nach Urlaub und Zucker zugleich. Hab ich ihm jemals gesagt, wie wunderschön er war und immer noch ist? Wie glücklich ich mich fühlte, wenn ich nachts, als er schon schlief, mit meinen Fingerspitzen ganz leicht durch sein Haar glitt, nur um seinen Duft an meiner Hand zu haben. Wie viel wir auch immer über die absurdesten Sachen lachen konnten. Dieses eine Wochenende, an dem ich das allererste Mal bei ihm geschlafen habe und unbedingt eines meiner Familienrezepte ausprobieren wollte. Am Abend dann, als das köstliche Tiramisu im Kühlschrank war, streichelte ich ihm zärtlich vom Kopf über den Rücken. Plötzlich wurde mein Blick starr und bewegungslos, war auf meine Hand gerichtet. Atemnot. Ich wusste in diesem Moment echt nicht mehr, ob ich lachen oder weinen sollte. Ich konnte nur noch nach innen atmen. Das geschockte Gesicht von Ben, als er sich zu mir umdrehte und dachte, ich hätte einen Asthmaanfall. Er schrie mich immer wieder an: „Was ist los, was soll ich tun? Los, sag doch was." Und das Einzige, was ich aus mir herausbekam, war fünf Tonlagen zu hoch: „Es ist weg, es ist weg!" Und er: „Was denn?" Ich schrie: „Das Pflaster ist weg." Hatten wir Spaß wegen dieser Pflasteraffäre. Wenn seine Mutter gekommen wäre, hätte ich das Tiramisu vielleicht entsorgt, aber dass er da so einen Aufstand gemacht hat und es nicht essen wollte? Ich kann mir auch was Besseres vorstellen, als mir ein Pflaster aus den Zahnzwischenräumen zu puhlen.

O Mann, war ich fertig, habe dann meine Bettdecke gepackt und mich auf die Couch verzogen. Gekrümmt vor Lachen und Genervtsein saß ich vor diesem Monstrum an Flatscreen und grübelte vor mich hin, was ich noch tun könnte, um das Dessert zu retten. Plötzlich lief ein dämlicher Bericht an: Richtige Anwendung eines Pflasters. Ich habe mich ja wirklich gefragt, wie es sein kann, dass jetzt auch noch die Pflasteraffäre im TV diskutiert wird. Ich, schon am Philosophieren über Schicksal und Bestimmung, da dämmerte es mir. Hat er doch tatsächlich von seinem Smartphone aus so ein absurdes Youtube-Video eingespielt, um mich zu ärgern.

Was haben wir gelacht, und was haben wir oft geweint, weil wir uns beide neben dem anderen so einsam gefühlt haben. Wenn doch nur einer von uns gewusst hätte, was Verbundenheit ist.

Wenn doch nur einer von uns gewusst hätte, wie man Nähe zulässt, wir wären bestimmt heute noch ein Paar. Nur ist sich bis heute keiner von uns einen Schritt näher gekommen, und somit gibt es auch kein Wir mehr, weder mit ihm noch mit einem anderen. Komisch nur, dass ich dieses Problem schon in unserer Beziehung erkannt habe und trotzdem nichts anders machen konnte. Man sagt doch immer, alles, was einem bewusst wird, kann man auch ändern. Ich wusste es und habe nichts unternommen, damit es sich hätte ändern können. Wow. Ich kannte also mein Bedürfnis nach Nähe und habe nichts gesagt.

Warum habe ich nichts gesagt?

Braucht man nicht ein Hauch von Gefühl, um wissen zu können, welche Bedürfnisse man hat?

Das würde ja heißen, ich war damals noch nicht so abgestumpft. Eines ist jedenfalls jetzt sicher: Dass ich nichts mehr fühle, denn was meine wahren Bedürfnisse im Moment sind, kann ich mir wirklich nicht beantworten, und Bedürfnisse ändern sich ja auch von Beziehung zu Beziehung. Er hatte gewiss auch einen Rucksack voll unausgesprochener Bedürfnisse, den er schön zusammengebunden ließ. Ich konnte das an seinen Gesichtszügen erkennen, die Monat für Monat mehr versteinerten. Sein Schweigen wurde immer lauter. Sein Schmerz erreichte mich nicht mehr, weil ich meinen eigenen selbst nicht mehr fühlte.

Was waren seine Bedürfnisse damals überhaupt?

Keine Ahnung. Will ich das wirklich wissen? Interessanter wäre doch die Frage, welche Bedürfnisse ich jetzt habe, oder?
Sei doch mal ernst.
Was brauche ich?
Was sind meine wahren Bedürfnisse jetzt gerade in diesem Moment?
Da fällt mir nur eines ein. Das große Bedürfnis, sterben zu wollen.
Jetzt nimm dich doch mal ernst.
Was sind meine Bedürfnisse in einer Beziehung?
Berührung, Freiraum. Widerspricht sich das denn nicht? Einerseits möchte ich so gerne berührt werden, seine Hand auf meiner Haut spüren, seinen Geruch in meiner Nase tragen, seine Stimme in meinen Ohren summen hören, seine Erlebnisse in meinem Geist halten und seine Verletzungen in meiner Seele speichern, damit sie heilen können. Anderseits möchte ich nachts alleine schlafen, beim Frühstück keine Geräusche von jemand anderem hören und keinerlei Gegenstände in meiner Wohnung von ihm rumliegen haben. Ich möchte keine Uhrzeit nennen müssen, wann ich nach Hause komme, was es zu Essen gibt oder wohin der nächste gemeinsame Urlaub geht. Ich möchte manchmal kein Wort sprechen, ohne dass der andere das Gefühl hat, er hätte etwas falsch gemacht. Ich möchte so gerne oft ungestört in die Leere schauen. Ja, das alles möchte ich. Ich möchte eine Beziehung ohne Kompromisse, in der jeder er selbst sein darf, jeden Tag aufs Neue, und trotzdem diese Verbundenheit spüren, die eine be-

dingungslose Liebesbeziehung ausmacht. Wie gerne hätte ich das gehabt.

Wie hätte ich damals mit Ben nur etwas finden können, was ich brauche, wenn ich nicht einmal wusste, dass man es suchen kann?

Wie schlimm es auch für mich gewesen war, als sein Schweigen über seine Bedürfnisse immer lauter wurde, und sein Schmerz, darüber nicht sprechen zu können, keine Resonanz bei mir finden konnte, weil ich mich selber nicht mehr fühlte. Mein ständiges Gefühl, nicht genug zu sein und sich in seiner Gegenwart klein zu fühlen, hat dazu geführt, dass ich mich ihm gegenüber nicht mehr öffnen konnte. Ich wollte doch nicht noch kleiner sein, als ich sowieso schon war, und er wollte seinen Kummer mir nicht zum Ausdruck bringen, weil er sich sonst vor mir, die ihn so hochgehoben hatte, nicht die Blöße geben wollte, dass auch er verwundbar war.

Ich brauche Kaffee. Wieso habe ich keine Tasse? Erstaunlich, dass ich meine letzte Beziehung total vergessen hatte. Mister Ich-gehe-mit-deiner-besten-Freundin-ins-Bett. Komisch, diese Beziehung vor zwei Jahren fühlt sich viel vergangener an, als die mit Ben, und die liegt bestimmt fünfzehn Jahre zurück. Hätte er mich nicht betrogen, dann wäre ich jetzt verheiratet und hätte bestimmt schon ein Kind. Oder zwei. Nicht vorstellbar, was für Kompromisse ich bei diesem Exemplar von Mann eingegangen bin. Jetzt, wo ich weiß, was ich brauche, werde ich nicht mehr erleben, wie eine

kompromisslose Beziehung funktionieren würde, ja, in der kein einziger Kompromiss zwischen uns steht. Was ist das auch für ein Leben, wenn man, nur um dem anderen entgegenzukommen, sich immer weiter von sich selbst entfernt?
Nur, um es dem anderen recht zu machen?
Tim war sein Name.
Warum kann nicht jeder machen, was er gerne möchte? Danach trifft man sich wieder in der Mitte und geht gemeinsam nach Hause. Außer in den Stripclub natürlich. Die ewigen Diskussionen: „Ich möchte nicht zum Chinesen, aber wenn du unbedingt darauf bestehst, dass ich mitkomme, dann mache ich das, aber nur, wenn du das nächste Mal für mich etwas machst, was du nicht möchtest." Was für ein Mist! Kompromisse sind doch nur für Sklaven, für Opfer, für Märtyrer, die nichts mit sich anzufangen wissen. Was hat das auch schon groß mit Liebe zu tun? So fühlt sich doch niemand mehr, und wenn doch, dann fühlt man sich nur schlecht. Ja, bedingungslose Kompromisslosigkeit wäre eine Möglichkeit, um eine glückliche Beziehung zu führen, jedoch nur mit sich selbst, also wieder allein, denn wer würde sich schon auf jemanden einlassen, der sich auf niemanden anderen einlässt? Egal.
Brauche ich Kondome auf meiner Reise?
Ich schaffe das alles bis morgen nicht. Ich kann erst sonntags los.
Jetzt hab ich nicht einmal Zeit zu sterben.
Kondome? Für was?

Sollte ich mir doch tatsächlich eine Geschlechtserkrankung einfangen, würde sie sowieso nicht mehr zu ihrem Höhepunkt kommen, jedoch einen Höhepunkt möchte ich unbedingt noch einmal erleben. Dieses Gefühl, wenn er in mir ist, spüren, und mich fest mit meinen Fingern, während ich komme, in seinen Rückenmuskeln vergraben, die Hitze zwischen unseren Körpern fühlen, und küssen möchte ich noch. Tief, innig, lang und zärtlich möchte ich küssen. Selbst wenn ich dabei schwanger werden sollte, steht mein Entschluss fest. Ich würde es mit mir nehmen, mit in den Abgrund reißen, der sich mir offenbart.
Fällt Verantwortung ab, wenn man weiß, dass man sterben wird?
Sterben tun wir doch alle irgendwann einmal – früher oder später.
Ist es dann nicht viel mehr eine Sorglosigkeit?
Könnte man nicht immer sorglos leben?
Ohne Angst?
Egal, was kommt?
Unter dem Motto: Alles ist gut. Vielleicht ist ja der Sinn im Leben einzig und alleine der, sich nicht tot zu fühlen, bevor man stirbt. So gesehen mache ich alles richtig. Fühlen ist fühlen, was, wäre ja egal, somit hätte ich das Geheimnis des Lebens gelüftet und kann reuelos und erfüllt diese Welt verlassen.
Es klingelt. Melody, und wer?
Soll das jetzt witzig sein? Sie weiß ganz genau, dass ich vorher gefragt werden möchte, wenn sie jemanden mitbringt. Schöne Überraschung. Danke auch. Und ich muss jetzt wieder freundlich

sein und so tun, als wäre es in Ordnung. Ach, was soll es auch, der ganze Tag ist schon verlogen genug.

Herzlich willkommen, Fremder.

Ich hasse fremde Menschen, und in meiner Wohnung noch viel mehr. Sie weiß das ganz genau und macht es trotzdem. Was soll ich auch reden mit ihm? Oder er mit mir? Ihr nachträgliches: „Passt es, dass er dabei ist, er ist auch ganz nett", ist eindeutig zu spät gefragt. Außerdem ist es mir völlig egal, ob er nett ist. Was soll sie auch sagen? „Er ist ein Serienmörder und hat heute extra wegen deinem Geburtstag Freigang bekommen." Er ist wohl auch die angekündigte Überraschung, von der sie seit Wochen schwärmt. Na toll! Ich kann einfach nicht fassen, dass sie tatsächlich ohne Vorwarnung irgendeinen Typen mit hierher nimmt. Überrascht hat sie mich, jedoch nicht erfreulich, aber ich werde es ihr nicht sagen, denn sie hätte ja auch keine Chance mehr, es besser zu machen. Er ist noch keine zwei Minuten hier und unterhält schon den ganzen Tisch, und ich mach mir Sorgen, was ich mit ihm reden soll.

Was erzählt der da eigentlich für ein Zeug?

Dass Melody immer wieder so Eso-Gurus anschleppt.

Was sagt der da?

Ich verstehe kein Wort, und das, obwohl er akzentfrei spricht. Das ist also Raul, lebt in London und ist in Brasilien geboren, ist ein studierter Advokat und aktuell Qi Gong Meister in seiner eigene Schule. Wahnsinn, es sind gerade erst mal fünf Minuten rum und er hat alles erzählt. Sehr gut, dann kann er ja jetzt die Klappe halten und seinen Tee trinken. Schräger Lebenslauf. Genau der Richtige für Melody. Seit dem Selbstmord ihres Vaters zieht sie ständig solche Großstadtschamanen vom Feuer weg. Vielleicht hat der ja eine Antwort aus dem Jenseits für sie, die ihr hilft zu verstehen, warum ihr Vater seinem Recht am Leben nicht mehr nachkommen wollte und es vorzog, seine Familie zu verlassen. Still und heimlich. Mit einem Strick fest gebunden um seinen Hals. Die letzte Kraft, die in seinen Beinen war, zu benutzen, um den Stuhl, auf dem er stand, umzustoßen, um dann stehend in die kurze Tiefe zu springen. Weit weg von der Verantwortung, ein Kind großzuziehen, das er erst nicht wollte und dann aber so schrecklich liebte, dass ihm ein Versagen als Ernährer logischer erschien, als ein glückliches Miteinander mit seiner Frau und Melody. Einige haben Angst vor dem Tod, und andere wiederum haben Angst vorm Leben. Das Leben hat ihm das Genick gebrochen.

Wieso hatte er es nicht einmal versucht?

Woher kommt nur diese Angst gegenüber der Existenz?

Und wieso denkt man, es wäre besser fortzugehen und alle alleine zurückzulassen?

Ist es wirklich so schlimm, wenn man kein Geld hat?

Entspricht Geld gleich der Existenzberechtigung?

Die Formel für die Berechtigung am Leben. Was für ein Trauerspiel, und was erlaube ich mir, über ihn zu richten, schließlich stecke ich in einem ähnlichen Dilemma, nur, dass er zu viel gefühlt hat und ich gar nicht mehr. Eines haben wir gemeinsam: Niemand versteht uns – wirklich niemand.

Würde ich dem Leben noch eine Chance geben, wenn ich ein Kind hätte?

Ich weiß nicht. Eher würde ich mir darüber Gedanken machen, was es mittags zu Essen gibt und ob zwei Fruchtzwerge am Tag nicht zu viel für das liebe Kind wären. Ja, irgendwo kann ich diese erdrückende Verantwortung nachvollziehen. Es sollte jeder über sein Leben selbst entscheiden dürfen, ob man geht oder bleibt, egal, wer da noch sein mag. Man geht ja nicht, weil man den anderen ärgern möchte, ganz bestimmt nicht. Für mich gibt es keinen Grund mehr zu bleiben, und das ist Grund genug für mich zu gehen. Er war sehr begabt. Er hatte viele Ideen und viel zu geben. Im Gegensatz zu mir, die, die nur gearbeitet hat und für die das Wort Freizeitbeschäftigung ein Wort ist, das sie dafür benutzt, wenn sie auf Toilette geht. Ich würde sehr gerne jetzt seine Musik hören. Wo hab ich die CD nur hin? Wobei es besser ist, wenn ich seine Kompositionen nicht mehr in die Hände bekomme. Sie erinnern mich immer an diese grauenhafte Zeit im Krankenhaus, und an den Augenblick, an dem mir meine Mutter verkündete, dass mein Vater nicht mein Vater ist. Als wäre die Diagnose Leukämie nicht schon erschreckend und gleichzeitig lähmend genug gewesen, da musste sie noch einen drauf setzen. Dieser

Satz, ich kann mich noch so gut daran erinnern, als sie sagte, dass ein passender Knochenmarkspender gefunden worden ist. „Es ist dein Vater. Ich meine, dein richtiger Vater." Dieser Satz hat sich so in mein Herz gebrannt, dass es lange brauchte, bis diese Glut von Ablehnung vollständig durch die Zeit erstickt wurde. Damals konnte ich mich nicht entscheiden, ob mein Krebs tragischer gewesen war oder das jahrelange Schweigen von Mama über die Existenz meines wahren Erzeugers. Die armen Krankenschwestern dachten immer, ich hätte unerträgliche Schmerzen, weil ich so viel jammerte und mich nur weinend in den Schlaf brachte. Stattdessen spürte ich nur den bittersüßen Schmerz der Verachtung über dieses offengelegte Geheimnis. Da war auf einmal ein Totgeschwiegener, der mir das Leben retten konnte. Jemand, von dem ich fünfzig Prozent Erbgut in mir trug und trotzdem keine Ahnung hatte, wer das war. Mich hat es nie gewundert, dass ich nach dieser Nachricht erst mal für fünf Wochen ins Koma gefallen bin. Sozusagen eine Auszeit, um im Stillen diesen Schock zu verarbeiten. Von heute auf morgen hatte ich einen Vater. Zwei eigentlich. Wäre Melody nicht im selben Zimmer mit mir untergebracht worden, ich hätte diese schwere Zeit nicht überlebt. Ganz sicher. Damals war ich ihr noch sehr dankbar dafür gewesen, dass sie mir das Leben mit ihrer Freundschaft erträglicher gemacht hatte, beziehungsweise, dass mir so lange nicht aufgefallen war, dass ich auch eine Wahl hatte, und zwar die, zu gehen. Dieser tiefsitzende Groll, diese wuterfüllte Verachtung

Mama gegenüber sitzt immer noch tief. Ich schwitze. Mit diesem Gefühl möchte ich nicht von hier für immer gehen. Ich möchte mit einem erfüllten Gefühl gehen. Ja, mit einem Gefühl, das erlösend ist. Ein Gefühl, das alles in Ordnung ist, und dann – Ende.

Jetzt hat sie es schon wieder geschafft. Dass sie immer die Torte anschneiden muss, und dann auch noch in ungleich große Stücke. O Mann, Mama. Klar, dass sie das lustig findet. Ich hab nichts gesehen. Hervorragende Leistung, wenn man ihr Leben daneben legen könnte. Genauso wie dieser unvorteilhaft zerstückelte Kuchen sieht auch ihr Leben aus. Ein bisschen was von diesem da, und ein bisschen was von dem dort und nichts Ganzes. Nichts läuft rund bei ihr. Immer alles unvollendet oder einfach nur ein Drama. Ihr ständiger Versuch, alles bei jemandem verbessern zu wollen, es jedoch selber nie besser zu machen, nervt enorm, vor allem ihr zu oft verwendeter Satz „Ich habe es ja nur gut gemeint", reizt meine Ohrennerven bis hin zur Taubheit. Dass ich keine Kinder möchte, ist ihr Werk. Wieso sollte ich mich auch noch um Kinder kümmern, wenn ich doch sie habe, die meine volle Aufmerksamkeit braucht?

Wer kümmert sich eigentlich um sie, wenn ich weg bin?

Samuel bestimmt, wie immer. Ist mir auch egal. Daher kommt wahrscheinlich auch meine Haltung, dass ich immer dieses Gefühl habe, mich in einer Beziehung um den anderen kümmern zu müssen, damit es ihm gut geht, und es dadurch immer schaffe, dass es ihm schlechter geht – und mir auch. Bei der ganzen

Aufopferungszeremonie vergesse ich mich jedes Mal selbst, bin frustriert und beleidigt, weil ich nichts zurückbekomme von dem, was ich gebe. Genau das ist der Grund, warum ich lieber alleine sein möchte. Männer sind sowieso nur kleine Jungs, die gepflegt und gehätschelt werden wollen, ständig Bestätigung brauchen, wie toll sie sind, und wenn es nur darum geht, sie zu loben, wenn sie eine leere Chipstüte selbstständig ohne Aufforderung in den Müllbeutel geworfen haben, der nicht einmal der richtige war, weil eine Chipstüte in den Gelben Sack gehört und nicht in den Papiermüll. Die Emanzipation hat wohl die ganzen richtigen Männer zur Strecke gebracht. Weiß doch kein Mann mehr, wie Mann sich als Mann verhalten soll. Hält er ihr charmant die Tür auf, ist er ein Schleimer oder will nur das Eine, lädt er sie zum Essen ein, fühlt sie sich bevormundet, tritt er selbstsicher auf, ist er ein Macho. Lieber Gott, wenn es dich gibt, bring uns wieder Männer, die uns Frau sein lassen, die uns beschützen, uns Nahrung nach Hause bringen und uns fest in ihre starken Arme nehmen, wenn wir traurig sind. Amen. Würde es so einen Mann in meinem Leben geben, ich würde bleiben – ganz bestimmt.

Faszinierend, was dieses Mitbringsel von Melody alles so zu erzählen hat. Im Leben geht es nicht darum, geliebt zu werden, sondern darum, von ganzem Herzen zu lieben. Kompromisslos. Ohne Bedingung. Aha! Gott sei Dank, es klingelt.

Welch eine Rettung, Maud ist da. Ganz alleine und ohne Überraschungsgast. Blumen! Wo ist diese große Vase nur hin, die mir Mama geschenkt hat?

Es klingelt schon wieder. Gut, es öffnet jemand. Da ist sie ja. Sehr gut.

Was nun los?

Wieso ist es auf einmal so still?

Alle drei in einem Raum. Auge um Auge, Zahn um Zahn. Keiner redet. Schön. Toller Geburtstag. Soll ich das Standbild mit einem Händeklatschen auflockern oder einfach dazwischengehen? Oder abwarten, wer auf wen zuerst losgeht? Sie bewegen sich. Schade. Papa ist so süß. Herzlichen Glückwunsch zum dreizehnten Geburtstag, mein Kind. Ja, dreizehn Jahre sind nun vergangen, seitdem wir uns das allererste Mal begegnet sind. Und siebenundzwanzig Jahre, in denen keiner vom anderen wusste, dass es ihn gibt. Ich sollte das Glas halbvoll sehen und mich freuen, aber wo ist Mama hin? Familie macht einen verrückt. Da ist sie. Ihre Augen sind ganz glasig.

Soll ich zu ihr gehen und sie fragen, wie es ihr geht?

Es geht sowieso immer nur um dasselbe, und am Ende bin sowieso wieder ich an allem Schuld, weil ich sie nicht verstehe. Ich gehe zu Papa, der erdrückt mich wenigstens nicht mit seinen Schuldgefühlen. Ich musste schließlich auch alleine damit klar kommen, ein Kuckuckskind zu sein. Dafür muss sie sich selbst verzeihen. Wie immer man das auch macht.

Bin ich froh, dass Maud da ist. Ich stelle Papa meinen Freunden vor. Denn wenn ich aus seinem Leben verschwunden bin, kann er Fragmente meines Selbst bei meinen Freunden abrufen, und vielleicht versteht er ja irgendwann einmal, warum ich den Tod dem Leben vorgezogen habe.

Ja, genau so habe ich sie auch kennengelernt. Maud heißt Maud, weil ihre Mutter schon immer vier Kinder wollte und sie die Erstgeborenen war, dann kam aber nur noch ihre Schwester nach, weil ihre Mutter wieder arbeiten wollte ... Wie oft musste sie diese Geschichte jedem erklären? Und jetzt fragt Papa auch noch. War das schön damals auf der Uni, mit Maud und den ganzen anderen Chaoten. Wir haben uns damals geschworen, nach dem Examen nach Rom zu fahren und uns dann, ganz mutig und furchtlos, über einen Zebrastreifen durch die fahrenden Autos zu schlängeln, ohne auch nur einmal stehen zu bleiben.

Warum haben wir das niemals gemacht?

Wahrscheinlich, weil man ja unsterblich ist und es irgendwann auch noch machen kann, also morgen. Lohnt es sich, das noch nachzuholen, bevor ... Hmm, vielleicht werde ich ja gleich dort in Rom über den Haufen gefahren und es wird doch ein kurzer und hoffentlich gefühlvoller Tod. Im Krankenhaus hatte ich auch einen Wunsch frei. Den sogenannten letzten Wunsch unter den Todgeweihten.

Was war das noch mal für einer?

Zu leben!

Genau das war es. Welch eine Ironie. Komisch, ich war die Einzige damals, die sich gewünscht hatte zu leben, und mein Wunsch wurde erfüllt, nur mir, die anderen mit meiner Diagnose haben sich irgendwelche Reisen oder Wiedersehen mit irgendwelchen Leuten oder noch mal Schweinebraten essen gewünscht und sind anschließend wie ausgemacht gestorben. Nur ich bin übriggeblieben. Wow! Ganz schön undankbar von mir, wenn ich mir jetzt nach alldem wünsche zu sterben.

Ich war wirklich die Einzige.

Vielleicht hätten die anderen ja auch überlebt, wenn sie sich wie ich zu leben gewünscht hätten?

Ja, vielleicht hätten sie sich selbst vertrauen sollen, anstatt einem Arzt. Was weiß auch schon einer über den anderen besser Bescheid als man selbst über sich. Ich alleine entscheide über mein Leben. Ich ganz alleine. Ich ganz alleine entscheide auch darüber, wann ich sterben möchte – und vor allem wie.

Ich hab so ein seltsames Halskratzen. Jetzt werde ich auch noch krank, so kurz vor meiner letzten Reise. Bloß nicht. Das kann ich jetzt gar nicht brauchen. Gliederschmerzen. Schnupfen. Welch ein Elend, krank zu sterben, und wie unnötig. Wenn sich das jetzt verschlimmert, dann kann ich morgen erst mal liegenbleiben. Wegen Krankheit sterben verschoben.

Das würde ja heißen, dass eine Krankheit das Sterben herauszögert. Was sie auch tut. Stimmt! Das macht sie! Krankheit ist ein Sterben in Etappen. Die meisten Menschen sind sowieso mehr tot als lebendig. Sieh sie dir doch an! Siechen dahin, krank vor Sorge, voller Angst vor dem Morgen und voller Trauer um das Gestern. Keiner ist hier. Kein Einziger. Die bewusste Entscheidung, gesund zu sterben, ist immer noch die bessere Wahl. Wobei mein Leiden auch schmerzt. Sehr sogar. Kranksein ist wohl eher eine unbewusste Entscheidung, nicht leben zu wollen. Dann mögen sehr viele Menschen nicht leben. So gesehen keiner, den ich kenne. Mama hat Arthrose in jedem erdenklichen Gelenk, das man bewegen kann, Samuel quält sich seit Jahren mit diesem Karpaltunnelsyndrom, Melody hat Herzprobleme, Ben ein Reizdarmsyndrom und Allergien, die Bände füllen. Seltsam, aber am Leben zu bleiben, scheint wohl mehr eine Herausforderung zu sein als zu sterben. Bei meiner gesunden Art zu sterben gehe ich wenigstens niemandem mehr mit meinen Zipperlein auf die Nerven, und abgesehen davon weiß ich ja, im Gegensatz zu den anderen, dass ich sterben möchte. Sollen die anderen doch glauben, dass das Leiden zum Leben dazu gehört, um besser sterben zu können. Ich bin wenigstens kein unbewusster Märtyrer. Ja, so ein Hauch von Bewusstsein schafft einen enormen Vorteil, das zu tun, was man tun möchte. Dem einen wäre das seine Gesundheit, und mir wäre es das pure Vergnügen des Todes. Was dem einen Freud ist, ist mir Leid.

Ich muss unbedingt morgen noch Tampons besorgen.

„Alles ist eins. Alles in dir ist im Außen sichtbar."

Was redet der da schon wieder?

Das würde jedenfalls das Chaos um mich herum erklären. „So sein. Näher dran sein. Da sein. Schwer zu fassen, aber der Schlüssel zu dem Raum lässt sich tatsächlich mit Mut öffnen."
Wenn doch nur alles so einfach wäre. Jetzt wird es interessant. Jetzt schwenkt er um zur Depression. Der Meister von Melody. Aha. „Wenn man im Kopf ist, fühlt man nichts. Um fühlen zu können, muss man da bleiben und nicht denken, nichts bewerten, alles so nehmen, wie es ist. Der Depressive möchte nichts fühlen und hängt entweder in der Vergangenheit oder der Zukunft fest. Er ist überall, nur nicht im Hier und Jetzt."
Für was hab ich jahrelang für eine Therapie bezahlt, wenn ich hier, in meinem Esszimmer, einen Hobbypsychologen sitzen habe, der mehr Erfahrung zu haben scheint, als mein gutbezahlter Psycho-Doc? Und seine Weisheiten haben auch noch so einen gewissen amüsanten Charme. Zumindest weiß ich jetzt, dass ich nicht depressiv bin, denn ich möchte fühlen, um jeden Preis. Trotzdem bin ich unterdrückt. Massiv sogar. Ich komm nicht raus aus mir und weiß auch nicht, wie.
Soll ich den Guru fragen? Vielleicht hat er ja sogar auch auf die Frage eine Antwort.
Einfach sein ohne Beurteilung?
Nicht wirklich! Das ist seine Antwort? Echt jetzt? Gut. Wenn ich sein möchte, dann ist die Voraussetzung dafür zu wissen, wer ich bin. Gut.
Wer bin ich?

Wer bin ich?
Wer bin ich?
Wer möchte ich sein?
Kann ich sein, wer ich sein möchte?
Ich möchte tot sein. Somit kann ich sein, was ich sein möchte. Nichts fühlen, um nicht leiden zu müssen. Was für ein Schwachsinn. Ich leide doch gerade, weil ich nichts fühle. Das mein Psycho-Doc mir über die Jahre hinweg nicht helfen konnte, ja, nicht einmal den Hauch von einer Lösung präsentieren konnte, leuchtet mir jetzt auch ein. Wie denn nur, wenn bei mir alles anders ist als in den heiligen Schriften der Medizin beschrieben wird? Es wäre besser für mich gewesen, ich wäre von jemandem therapiert worden, der Erfahrung in dem Abschnitt Leben gehabt hätte, in dem ich mich gerade befand. Ja, jemand mit Lebenserfahrung. Das wäre doch mal ein Therapieangebot. Der Therapeut listet seine bewältigten Probleme auf seiner Homepage auf und therapiert dann auch nur die armen Seelen, die von denselben Leiden geplagt werden, die er überlebt hat. Das würde aber auch heißen, dass die Praxis schnell leer wäre. „Wegen Heilung geschlossen" würde dann auf dem Praxisschild vor der Tür stehen und ganz klein drunter: „Danke, dass ich meinen Reichtum an Sie weitergeben konnte, sodass ich meinen Lebensabend in der Karibik mit Surfen verbringen kann". Die Pharmazeuten würden als allererstes ausrasten und irgendwelche Viren oder Bakterien erfinden, um Heilung unheilbar werden zu lassen. Welch eine

kaputte Welt, in der ich mich befinde. In der der Tod als erreichbarer und vertrauter erscheint als das Leben, gesund und fröhlich. Du hast mir gerade noch gefehlt.

„Happy Birthday, liebes Schwesterherz! Lana und ich sind noch in der Schweiz geblieben, weil das Wetter so prächtig ist und wir noch zwei Tage frei haben. Ich hoffe, du feierst deinen Runden angemessen und lässt dich nicht von Mama ärgern. Wir kommen morgen vorbei und essen die Reste. Smiley. Liebe Grüße! Alex & Lana."

Morgen vorbeikommen und Reste essen? Klar. Ihr könnt gerne alles haben, nur keinesfalls morgen. Bloß nicht. Ich packe meinen Rucksack morgen, und zwar ohne jeden. Komme, was und vor allem wer wolle. So.

Wie blöd ist der denn?

Seit er mit dieser Lana zusammen ist, macht der doch sowieso, was er will. Macht er, was sie will. Tja, lieber Bruder, das Leben ist kurz. Nutze den Tag und lebe wohl. Am besten, ich antworte nichts. Was soll ich darauf auch antworten? Mir doch scheißegal. Was machen die eigentlich in der Schweiz? Wahrscheinlich fährt er mit ihr die ganzen Orte ab, an denen wir unsere Kindheit verbringen mussten. Wahrscheinlich erzählt er ihr gerade, an welchem Stein er meinen kleinen Zehennagel abgerieben hat. „Dort war früher immer ein Eiswagen mit dem besten Eis der Stadt, da hinten war dies und da vorne das, aber mit dir ist alles viel schöner." Mir wird gleich schlecht.

Die ruft doch jetzt nicht tatsächlich bei ihm an?
Doch, sie macht es.
Wieso erzähl ich ihr überhaupt, dass er nicht kommt?
Egal. Ich packe morgen meine Sachen und verschwinde weit weg von hier – für immer. Peinlich. Wirklich peinlich.

Mein Kaffee schmeckt einfach am allerbesten. In zehn Jahren, an meinem Fünfzigsten, würde er sicher noch genauso aromatisch meinen müde gewordenen Körper munter machen. In zehn Jahren. Fünfzig? Was für eine große Zahl. Die Menschen wären dieselben, genauso wie ihre tristen Geschichten über ihre Urlaube, ihre Krankheiten und ihre Enkelkinder – und derselbe Kaffee. Wenigstens wäre dann auf Melody Verlass. Sie würde bestimmt nach zehn Jahren nicht mit demselben öden Typen auftauchen. Mit einem Mann, der aufregende Geschichten im Gepäck hätte, einer aus einer anderen Welt, mit Hoffnung und viel Tiefe. Alles, was ich bis heute dachte, die letzten Jahre gefühlt zu haben, hatte nichts mit fühlen zu tun. Nichts von dem Gefühl, das ich so sehr vermisse. Das war nur eine Idee von Gefühl. Eine Erinnerung. Eine Emotion. Ja, nur eine kühle Erinnerung an ein Gefühl. Ich bin so einsam, obwohl so viele Menschen um mich herum sitzen. Ich bin so schrecklich einsam.
Wer wäre ich nur geworden ohne meine Arbeit?
Was würde ich machen?
Was mag ich eigentlich?

Wer mag mich eigentlich?

Ich hab es kapiert. Ich mag endlich weg von hier. Mir reicht es. Jetzt. Ich verstehe nicht viel von dem, was dieser Typ da redet, aber eines hab ich verstanden:

Wann, wenn nicht jetzt. Wer, wenn nicht ich.

Wo ist mein Rucksack?

Ich muss packen. Jetzt.

Wem fällt auch schon auf, wenn ich weg bin?

Fällt ja auch niemandem auf, wenn ich da bin. Redet und fresst ihr nur weiter, aber ich, ja, ich, ich gehe jetzt.

Was brauche ich?

Zuerst mal die muffelige Thermoskanne in Essigwasser einweichen. Muffeln ist gut gesagt. Heidernei, stinkt das Ding. Der Geruch alleine ist ja schon tödlich. Puh. Was hab ich mit der nur gemacht? Ach ja, da war ja was. Heiße Wiener. Die waren lecker.

Brauche ich Unterwäsche?

Ich nehme fünf Slipeinlagen mit. Das müsste reichen. Obwohl, ein Höschen nehme ich mit. Sicher ist sicher.

Sicher?

Stinken werde ich so oder so bis ich dort bin. Das übrige Baguette nehme ich auch mit, schließlich möchte ich nicht fast verhungert ankommen an dem Ort, an dem ich sterben werde. Wasser brauch ich auch. Eine halbe Literflasche zum Nachfüllen.

Nachfüllen?

Ja, da finde ich bestimmt was. Das wird schon gehen. Musik. Ganz wichtig, Musik. Wo ist mein Player? Mensch, den muss ich noch aufladen. Da ist er, und ab an die Ladestation. Erledigt. Tampons und Kondome sind im Bad. Kondome, Höschen, Essen. Na hoffentlich hält mich die Polizei nicht auf.

Warum hab ich die Kondome eigentlich im Bad? Normalerweise sollten die ja im Schlafzimmer liegen, aber egal, da benutze ich sie genauso wenig wie hier. Sind die überhaupt noch haltbar? 24.12.2019. Weihnachten 2019.

Moment. Da war doch diese eine Nacht in Dresden. Oh nein, jetzt fällt es mir wieder ein. Stimmt. Dieser Betrüger. War der gut im Bett, beziehungsweise im Bad. War ich heiß auf diesen Typen. Das, glaub ich, hat er gemerkt. Ich war so stinksauer an diesem Vormittag, aber so was von befriedigt an diesem Abend. Ja, man soll den Tag nicht vor dem Abend verteufeln. Tim, der andere Betrüger, und Elise. Hätte ich nicht meinen USB-Stick vergessen, dann, ja dann, dann wäre ich bestimmt jetzt mit Tim verheiratet und hätte niemals den besten Sex meines Lebens gehabt. Wenn ich nur allein an diesen einen Abend denke, werde ich ganz feucht.

Wie hieß dieser heiße Typ noch mal?

Hat der sich eigentlich vorgestellt?

Kein Wunder, dass ich den Abend fast vergessen hätte. Diese starken Hände und dieser perfekte Körper. Groß, nicht zu dick, nicht zu dünn. Er war einfach zu schön. Wo ich überall meine Zunge an diesem Mann hatte. Und wo er überall seine Zunge hatte. Wie hat er das nur gemacht mit seiner Zunge? Wie er sich langsam an meinem Innenschenkel hoch leckte. Zärtlich und leidenschaftlich mit seinen kräftigen Händen unter meinen Beinen vorbei griff und dann meinen Hintern packte ... und dann diese Zunge in mir, tief in mir, und kurz bevor ich gekommen wäre, hörte er auf. Perfektes Timing. Er drehte mich langsam um und steckte ihn rein. Sehr tief. O ja, das war mal tief. Er hat sich so perfekt auf und ab bewegt, dass ich sogar das erste Mal gekommen bin. Also ich hatte noch nie zuvor einen Orgasmus durch einen Penis. Noch nie und nie wieder seither. Schade. Entweder durchs Fingern oder durchs Lecken, aber noch nie so. Und das alles auf der schicken Marmorablage in diesem Luxus-Badezimmer. Ich kann nicht glauben, dass ich das war. Dass ich an diesem Abend nicht schwanger geworden bin, grenzt an ein Wunder. Sex, komplett ohne Verhütung. Ich habe keinen einzigen Gedanken daran verschwendet zu verhüten. Wow. Wäre ich nicht an diesem einen Tag in mein Auto gestiegen und einfach losgefahren, ich hätte was verpasst. Tim und Elise hatten bestimmt keinen Höhepunkt mehr. Wie sind die auch dagelegen? Sie unter ihm, er auf ihr. Langweilig, aber passt ja zu beiden. Und dann der Blick, als sie mich in der Türe stehen sahen. Unvergesslich. Der hat sich hoffentlich bei ihnen festgebrannt. Ganz sicher. Mann, hatte ich eine Gesichtslähmung. Stundenlang, bis zu dem Augenblick, als er mir begegnet war. In dieser kanadischen Bar, direkt vor der Frauenkirche. Frauen an einer Bar zu einem Trink einzuladen, um danach Sex haben zu können, funktioniert Gott sei Dank immer noch. Dieses Parfüm. Ich werde diesen Duft nie vergessen. Dass er verheiratet ist und Kinder hat, war mir echt egal, nach dem, was ich ein paar Stunden zuvor in meinem Schlafzimmer gesehen hatte sowieso. Wie der aussah. So ein Mann kann nur verheiratet sein – oder schwul.

Was wird wohl seine Frau gemacht haben, während er seine Finger in mir hatte?

Bestimmt die Kinder ins Bett gebracht und danach ein Buch gelesen. Ich wurde betrogen und habe betrogen.

Was habe ich nur getan?

Was schreit sie denn so laut?

Die Zahnbürste kommt auch mit. Sogar die war im Einsatz. So, jetzt wieder fröhlich sein und zurück ins Esszimmer.

Die völlige Grausamkeit der Ironie, versammelt an einem Tisch, singt. Ja, mein Leben ist grotesk. Und dafür schreit sie so rum. Zwei singen laut mit und der Rest bewegt nur den Mund. Das nenne ich mal aus Leibesmitte. Wenn die alle so bei meiner Beerdigung singen, wird es recht ruhig sein auf dem Friedhof.

Möchte ich in einem Sarg beerdigt werden oder verbrannt in einer Urne liegen?

Wird überhaupt noch etwas von mir übrig sein, wenn ich von einer Granate zerfetzt werde?

Eher nicht, und finden wird mich so auch niemand mehr. Ich werde weg sein, und nichts von mir wird jemals gefunden werden.

Bin ich dann eigentlich überhaupt tot? So ohne Beerdigung? Ich denke schon, die anderen werden eher ein Problem damit haben.

Mir geht diese Nacht nicht mehr aus den Kopf. Wieso heiratet man und geht dann fremd? Oder wieso wollte ich heiraten, erwische die beiden und habe danach erlösenden Rachesex? Rachesex war das nicht. Das war pure Lust. Lust auf das Unbekannte. Lust, sich einfach gehenzulassen, ohne Reue, ohne Verantwortung. Sich Gehenlassen wird sicher der Grund für meine überaus intensiven Orgasmen gewesen sein. Absolute Identitätslosigkeit. Keiner, der weiß, wer du bist, was du machst, der Fragen stellt, auf die du selber keine Antwort hast. Einfach nur Sex. Ich hätte gleich an diesem Abend sterben können und hätte nichts weiter verpasst. Ich brauche keine Kondome. Für was auch? So viel Glück hat man nur einmal auf der Welt und sein Glück herausfordern, bringt sowieso nur Unglück, und damit bin ich reich gesegnet. Aus meiner Sicht jedenfalls. Elise würde wieder sagen, ich sehe das Glas halb leer anstatt halb voll. Mein Glas ist leer. Komplett. Aber das will sie einfach nicht verstehen. Worauf sie dann antworten würde: "Wenn es komplett leer ist, umso besser, dann kannst du es mit was Neuem füllen." Was für eine Scheiße. Ja, mit was denn bitte, du blöde Kuh, die mir meinen Verlobten ausgespannt hat, so kurz vor der Hochzeit? Ich sehe weder das Glas halb voll noch sehe ich es halb leer, ich sehe nur noch schwarz, dunkles abgrundtiefes Schwarz. Genau das sehe ich, wenn ich dich sehe.

Machen Freundinnen so was?

Ja, sie machen es. Sie hat ja keine Ahnung, was mich das alles gekostet hat. Vom Geld abgesehen. Wie viel Schmerz ich erleiden musste. Wie viele Tränen ich geweint habe, still und leise in dem Bett, das mir alles nahm, was mir einmal heilig gewesen war. Wenn beide unsterblich ineinander verliebt gewesen wären, ich glaube, ich hätte es akzeptiert, irgendwann bestimmt.

Warum sollte auch jemand mit jemandem zusammen sein müssen, wenn er von Herzen jemand anderen liebt?

Aber Elise und Tim waren nicht ineinander verliebt, und das erst hat alles zerstört. Wenn er kalte Füße bekommen hat vor der Hochzeit und mich doch nicht heiraten wollte, wieso hat er es nicht einfach gesagt?

Warum konnte er nicht einfach gehen, anstatt Dinge zu tun, die einem das Herz aus der Brust reißen und so verletzen, dass niemand mehr den schweren Stein zur Seite schieben kann, der sich darauf legt. Menschen sind lieber grausam anstatt ehrlich. Ich dachte wirklich, ich hätte Elise dafür verziehen, und wenn ich ehrlich bin, bin ich nur noch mit ihr befreundet, weil uns die gute alte Zeit zusammengehalten hat, die übrigens genauso war, wie sie jetzt ist – unehrlich.

In vier Minuten stehe ich unauffällig auf und packe weiter. Dieser Kaffee schmeckt einfach köstlich. Drei Minuten und zwanzig

Sekunden, neunzehn, achtzehn, siebzehn, die Zeit verlangsamt sich. Wann, wenn nicht jetzt? Kreditkarten. Mit Bargeld komme ich weiter als mit Kreditkarten. Die Schlepper in der Türkei haben bestimmt kein Lesegerät zur Hand, aber wäre doch mal innovativ, wenn man seine Flucht ganz einfach mit der Karte zahlen könnte. Der Geruch hat sich aber auch nur minimal verflüchtigt. Der Kaffee wird den Wurstwassergeruch schon neutralisieren. Hoffentlich. Sieben Tassen werden da sicher reinpassen. Das reimt sich, also passt es auch. Hurra, hurra, der Kobold mit dem roten Haar, hurra, hurra, der Kaffee, der ist da. Wenn jetzt jemand kommt und blöd fragt, was ich hier mache, dann entkalke ich eben die Maschine im Schnelldurchlauf. Baguette ist auch noch reichlich da und am Flughafen kauf ich mir noch was.
Wie komme ich da eigentlich hin?
Taxi? Bus?
Nein, ich fahr mit der S8 direkt vor die Haustür los. Hab ich auch noch nie gemacht. Wann fährt die denn? Kaffee Nummer drei läuft. Am Flughafen buche ich mir dann ein Ticket. Hin-, ohne Rückflug. Mein Reisepass ist …? Im Wohnzimmer in dem weißen Schränkchen? Nein. Im Schlafzimmer in der Geldkassette? Nein. Ach ja, genau, hier. Warum lasse ich meinen Reisepass so frei zugänglich rumliegen? Am Fensterbrett. Gleich mal in den Rucksack damit. Kaffee fünf läuft. Da passt doch noch mehr rein als nur sieben Tassen. Genial. München. Adiyaman Türkei. Von

dort aus komme ich bestimmt noch problemlos nach Sanliurfa und dann wird es spannend.
Wie erkennt man einen Schlepperverein überhaupt?
Von Sanliurfa nach Aleppo. Endstation. Hört sich doch wie eine ganz normale Urlaubsplanung an, nur dass sie halt von mir kommt. Wow, neun Tassen Kaffee passen da rein, und ab in den Rucksack damit. Jetzt setze ich mich noch kurz unauffällig an den Tisch zurück, für ein paar Minütchen, das müsste reichen, sag noch was Nettes zu jedem, und dann schleiche ich mich leise davon – für immer.
Meiner Zukunft? Was fragt der mich nur jetzt nach meiner Zukunft. Nicht dein Ernst, oder?
Doch, er meint es ernst. Schon klar, dass jemand wie ich keine hat, aber egal, ich weiß ja, was jeder gerne von mir hören möchte. Pass nur auf.
Soll ich die Wahrheit sagen?
Besser nicht. Wer möchte die auch schon hören?
Verläuft so tatsächlich eine ganz normale Zukunft oder träumt jeder lieber nur davon? Denn ich kenne niemanden, der das hat, was jeder möchte. Einen treuen Mann, der dich nach Jahren mit diesem durchdringenden Blick ansieht, der dir das Gefühl gibt, die einzige und perfekte Frau zu sein, die er über alles liebt. Kinder, die keine Probleme machen, fleißig sind und überall beliebt. Ein Haus im Grünen. Nicht zu weit weg von der Stadt, aber gerade so am Rande, das die Natur dir Ruhe bringt. Vielleicht noch ein

Kätzchen, das sich zu deinem Mittagstee auf deinen Schoß kuschelt, während du die Enten im Bach beobachtest, der an deinem offenen Gartengrundstück vorbeifließt. Nachbarn, die liebevoll sind und zu Freunden werden, zwei Autos und ein Wohnmobil für spontane Ausflüge, und hemmungslosen Sex, wann immer man möchte, und zwar nur mit dem Einen. Dem Einen, den man liebt.

War ja klar, dass alle lachen. Nur gut, dass ich nicht gesagt habe, was ich mir für mich in Wirklichkeit in ferner Zukunft wünschen würde, wenn ..., wenn ich doch noch länger hier bleiben würde. Das liebe Wörtchen wenn. Nur gut, dass sie mir den Mist gerade abkaufen. Ich und genauso glücklich wie jetzt auch. Keine weiteren Veränderungen bitte. Danke. Hört sich doch spitzenmäßig an – diese Lüge. Was soll's? Ich wollte sowieso gerade gehen.

Lebt wohl.

Pst. Leise, leise. Bitte knarze jetzt nicht. Bitte. Ganz leise. Klack und die Türe ist zu. O nein, die S-Bahn kommt. Schnell, schnell, schneller.

Gerade noch geschafft! Sitze ich überhaupt in der richtigen? Wo sehe ich das denn jetzt? Ach, was soll's, ich frage einfach nach.

Ich sitze in der richtigen. Tja, auch ich habe Glück.

Wer ruft denn jetzt bitte an?

Bitte nicht. Ich bin gerade mal drei Minuten aus der Wohnung.

Was will sie denn jetzt?

Kann sie vergessen, ich gehe nicht dran. Auf keinen Fall. Nein. Moment, wenn Mama sich Sorgen macht, komm ich, wenn überhaupt, bis zum Stachus und werde dann von der Polizei entgegengenommen. Das wäre dämlich.

Und was erzähl ich ihr jetzt?

Ich wollte meinen Geschenkgutschein im Buchladen einlösen, während meine Gäste ohne mich in meiner Wohnung feiern. Sehr glaubhaft. Gut, ich schreibe ihr doch besser eine Nachricht.

Was schreibe ich bloß?

„Liebe Mama ..." Nein, löschen, da merkt sie sofort, das was nicht stimmt. Besser ich schreibe was Unauffälliges: „Was willst du?"

Wo ich bin? Noch viel zu nah.

„Ich habe es nicht mehr ausgehalten und musste raus. Bitte sei mir nicht böse, aber die ständige Erinnerung an mein miserables Leben jedes Jahr zu meinem Geburtstag reicht mir endgültig. Sag Samuel bitte, er kann den Schumann aus dem Wohnzimmer haben – als Geschenk, und verschließe von außen die Türe. Ich komme erst in zwei Wochen wieder." Punkt und senden.

„Du überlässt mir deinen Wohnungsschlüssel und Samuel dein heißgeliebtes Bild? Kann ich mich darauf verlassen, dass bei dir alles in Ordnung ist?"

Sag mal, spinnt die jetzt völlig? Ich vertraue ihr zum ersten Mal überhaupt in der Geschichte meinen Wohnungsschlüssel an und sie schreibt mir so was als Antwort? Sie könnte ja gleich schreiben: „Bist du dir wirklich sicher, dass du mir, deiner Mutter,

die dir dein Leben versaut hat, genau dieser Person, deinen Schlüssel geben möchtest?" Ich antworte: „Ich bin mir sicher, dass das eine blöde Idee war, ja, und ich bin mir auch sicher, dass ich jetzt besser mein Smartphone ausschalte. Tschüss! Und sag bitte den anderen, dass es mir leid tut, aber ich brauche gerade dringend eine Auszeit. Ich melde mich, wenn ich wieder da bin."
„Mach das, und pass auf dich auf, mein Kind. Ich bin stolz auf dich! Mama."
Was war das jetzt?
Das hat sie noch nie zu mir gesagt. Die Frau erwischt auch immer den passendsten Moment, die wirklich wichtigen Dinge dann zu sagen, wenn es zu spät ist. Eigentlich ist ja alles eher zu früh als zu spät, aber in diesem Fall ist es eindeutig zu spät, stolz auf mich zu sein. Bitte hör doch auf zu weinen, die Leute schauen mich an, als wäre ich total irre. Bitte, hör doch auf. Ich hab Taschentücher vergessen. An Tränen hab ich wirklich nicht gedacht.
Wann hab ich auch schon das letzte Mal geweint?
Das ist lange her. Ich weiß es nicht mehr.
Wieso lächelt mich diese Frau so an? Warum kommt sie auf mich zu?
Ich bin ungefähr sieben Minute unterwegs, meine Mama schreibt mir, dass sie stolz auf mich ist, ich weine und eine fremde Person setzt sich in der rollenden S-Bahn neben mich, umarmt mich, hält mir ein Taschentuch entgegen und flüstert mir sanft ins Ohr: „Es ist alles gut, gebe dich der Versuchung hin, mehr zu fühlen und

weniger zu denken, dann wird es ruhiger in dir." Dann steht sie auf, dreht sich um, schenkt mir ein Lächeln und steigt bei der nächsten Station aus.

Was bitte war das denn jetzt? Eine fremde Frau umarmt mich und verschwindet auf Nimmerwiedersehen.

Ist das gerade tatsächlich passiert?

Zumindest halte ich ein Taschentuch in den Händen, das ich zuvor nicht hatte. Die Reise geht ja schon gut los. Faszinierend. Ich habe keinen Plan, wie ich nach Aleppo komme, aber ich habe ein Ziel. Das heißt, die Richtung ist vorgegeben, den Rest muss ich jetzt irgendwie drumherum planen. Taschentücher brauch ich noch dringend. Wenn es läuft, dann läuft es, und zwar gewaltig. Sterben ist spannend. Zumindest der Weg dorthin.

Wenn in sich gehen auch eine Art Tod ist, dann könnte ich ja eigentlich stehen bleiben? Wobei stehenbleiben mich nicht wirklich weitergebracht hat im Leben. Bewegung ist mir auch zu viel. In die Mitte kommen würde es auf den Punkt bringen. Es heißt doch auch: Finde deine Mitte. Ich bin entweder in dem einen oder anderen Extrem gefangen und immer ganz außen auf der Kante. Am Abgrund so gesehen.

Wie findet man denn überhaupt seine Mitte?

Wer suchet, der findet. Also muss ich erst mal suchen, um zu finden. Aber wie? Da ich sowieso nichts mehr zu verlieren habe, kann ich mich ja mal auf die ganzen schlauen Weisheiten von den Sprücheklopfern in meiner Umgebung einlassen und sie testen.

Dann werden wir schon sehen, ob das alles so einfach funktioniert. Vorgepredigt haben sie es mir ja alle immer ausführlichst, aber leider noch mieser vorgelebt. Wenn ich es bis Aleppo schaffe, meine Mitte zu finden, wäre ich somit auch die Einzige, die mal ihr Geschwätz umgesetzt hätte. Wobei es nie in meinem Interesse gewesen ist, in die Mitte zu kommen, außer vielleicht jetzt, in die Mitte von Aleppo.

„Theorie, my Darling, ist keine Erfahrung", sagte Opa mal zu mir, als ich ihm als Fünfzehnjährige ernsthaft versucht habe zu erklären, wie man die Gartenarbeit richtig macht. Ich erkläre einem Gärtner seine Welt, nur weil ich in der Schule an diesem Tag gelernt hatte, wie man den PH-Wert von der Erde misst und warum es sinnvoll ist, das zu überprüfen, bevor man Gemüse anpflanzt. Wenigstens habe ich ihn mit meinem theoretischen Wissen zum Lachen gebracht, und das über Wochen hinweg. Ja, Theorie, my Darling, bloße Theorie. „Bleib lieber zu Hause, dann lernst du was fürs Leben", sagte er danach immer zu mir. Wäre ich nur zu Hause geblieben, denn ich habe wirklich keinen Ahnung vom Leben.

Wie entstehen Sterne, woher kommen wir und wie repariert man seine Waschmaschine selbst? Und das Wichtigste überhaupt–: Wie findet man seine Mitte? Schwierig. Die Mitte? Die Mitte! Die Mitte ist ...?

Die Mitte ist mittelmäßig. Die Sonne kommt raus. Schön. Konzentriere dich. Ich muss die Suche plastisch angehen. Oder logisch.

Also, der Mittelpunkt am Körper ist wo? Ich würde mal sagen, das wäre dann der Bauchnabel. Genau, der ist sogar rund. Im Yoga soll man doch auch in die Gegend atmen, wo der Bauchnabel ist. War das zwei fingerbreit über oder unter dem Nabel? Ich glaube, es war drunter. Ja, genau, in diesem Zentrum. Wie hieß das nochmal. Tantien oder irgend so was Ähnliches.

Wie war das noch mal?

Konzentriere dich auf deine Mitte und atme tief durch die Nase ein, und natürlich aus, und das Schwierigste: Lass die Gedanken, die in dir hochsteigen, vorüberziehen. Geht nicht. Noch mal. Die Gedanken vorüberziehen lassen. Musik! Mist, ich habe meinen Player vergessen. Das Wichtigste! Nein, das war der Kaffee. Wie spitze ist das denn jetzt? Ich gönne mir in der S-Bahn selbst gebrühten Kaffee. Da wird der Neid gleich riesig sein, wenn die das hier riechen. Der Erste schaut schon. Immer schön lächeln und aus dem Fenster schauen. Blickkontakt meiden, sonst kommt noch einer auf die Idee, dass ich was von meinem Kaffee abgebe. Ganz sicher nicht. Der muss bis Aleppo reichen, denn das letzte, was ich trinken werde, bevor ich sterbe, wird mein Kaffee sein. Der beste Kaffee auf Erden.

Das funktioniert ja super. Die Gedanken vorüberziehen lassen. Ja, funktioniert super ... schlecht. Noch mal. Da gibt es doch diesen genialen Trick, wie man ins Nichtsdenken abdriftet.
Was ist mein nächster Gedanke?
Bingo! Es geht doch. Was ist mein nächster Gedanke?
Hunger.
Was ist mein nächster Gedanke?
Was ist mein nächster Gedanke?
Was ist mein nächster Gedanke?
Atmen.
Was ist mein nächster Gedanke?
Endstation Flughafen. Ich muss aussteigen.
Was ist mein nächster Gedanke?
Ich brauche noch Bargeld. Sehr viel Bargeld.
Was ist mein nächster Gedanke?
Werden zweitausend Euro reichen?
Wenn ich zweitausend Euro verlieren würde oder mich würde jemand ausrauben, dann hätte ich immer noch verdammt viel Geld. Mann, ich bin bestimmt eine der reichsten Personen auf unserem Friedhof. Ich hebe zehntausend ab, was soll es auch, und lebe dann kurz, aber dafür heftig in Saus und Braus. Falls das dort überhaupt möglich sein sollte. Oder nein, besser noch, ich fahre nach Rom und werde doch noch über eine voll befahrene Straße gehen. Ich esse das teuerste Eis und schlafe in dem schönsten Hotel, egal wie viel es kosten wird, ich werde es

nehmen. Ich hüpfe betrunken im Bett auf und ab, und abends reiße ich mir einen Vollblutitaliener auf, der mich bis in den frühen Morgen verwöhnen darf. Ich kaufe mir vielleicht sogar Schuhe mit hohem Absatz und stolziere mit einem ganz knappen Röckchen am Vatikan vorbei und verdrehe den frommen Geistlichen den Kopf.
Wie gestört ist das denn?
Na dann, ab nach Italien und Geld loswerden. Hoffentlich geht ein Flieger nach Rom jetzt.
Ich kann es kaum glauben, ich fliege nach Rom.
Wo muss ich jetzt hin?
Erst mal zum Schalter und ein Ticket buchen. Last Minute natürlich. Dann noch ein Tramezzini oder drei essen, einen Espresso dazu mit Milchschaum heute mal. Geld muss ich noch hier abheben, nicht dass mir die Bank die Kreditkarte sperrt, wenn ich mal hier und mal dort was abbuche.
Wie viel kann ich überhaupt an einem Tag abheben?
Fünfhundert geht immer. Oder?
Ich steig mit Tausend ein. Da drüben wäre zumindest schon mal ein Automat. Wenn die hinter mir noch einmal mit ihrem blöden Koffer an meinen Knöchel rollt, dann explodiere ich. Na endlich.
Jetzt hab ich zwei Stunden Zeit. Vier, acht, neun, drei, Sprache Deutsch, ja, möchte ich, eintausend Euro, klick, und ... der Automat bewegt sich, Karte kommt. Geld auch. Tramezzini gibt es da drüben. Schöne Loungesessel. Wow. Wo setze ich mich jetzt

hin? Da in die Ecke am besten. So. Smartphone an. Na wunderbar. Drei Anrufe in Abwesenheit und unzählige Nachrichten. Erst mal die Bank anschreiben. Mail Bank öffnen. Neue Nachricht.

„Sehr geehrte Damen und Herren der Deutschen Bank, ich vereise heute an verschiedene Orte in Europa, das heißt, ich werde an verschiedenen Stationen Geld mit meiner Kreditkarte abbuchen. Ich bitte Sie, meine Karte nicht wegen Ihren Sicherheitsbestimmungen zu sperren. Mit freundlichen Grüßen ..." Senden.

Schöne Bedienung hier. Wer hat denn jetzt geschrieben? Mal sehen. Der Alex.

Schwesterchen! Morgen um halb vier, Kaffee und Kuchen bei dir?

Tja, Brüderchen, man soll die Feste feiern, wie sie fallen, du Idiot! Mein Espresso kommt. Das geht aber schnell hier. Die Tramezzini sehen ja köstlich aus. Und schmecken auch so. Ich wollte doch noch Musik runterladen. Ich möchte hören ...?

Ja, was möchte ich hören?

Kopfhörer brauch ich noch. Pink Martini muss mit. Moment, die hab ich ja sowieso in der Playlist. L, M, P, Pink Martini. Da sind sie ja. Mobile Daten aus. Hab ich mir gerade tatsächlich ein First-Class-Ticket von München nach Rom für sage und schreibe vierhundertvierundfünfzig Euro und dreißig Cent gebucht? Für eineinhalb Stunden in der Luft?

War das denn jetzt wirklich notwendig?

Ja, war es. Wie soll ich sonst mein ganzes Vermögen loswerden? Wenn ich heute zu Arbeiten aufhören würde.

Würde?

Korrektur. Habe ich. Dann könnte ich mit allem, was ich habe, locker bis zum Rentenalter leben, und zwar richtig gut sogar, also egal, was ich jetzt auch mache, ich muss nicht aufs Geld achten. Ich kann machen, was immer ich möchte. Das hätte ich auch vorher schon in Ruhe tun können und habe es nicht gemacht.

Warum eigentlich nicht?

Und das, was ich tue, ist jetzt nicht mal außergewöhnlich teuer oder unerreichbar. Das könnte jeder machen, also warum habe ich es nicht schon eher gemacht? Einfach so mal spontan machen, was einem gerade so in den Sinn kommt.

Wegen Verpflichtungen?

Eingebildete Verpflichtungen. Montag bis Freitag arbeiten, von sieben bis sieben. Bis einundzwanzig Uhr sogar oft. Dienstag: Termin beim Psycho-Doc. Mittwoch: Yoga. Donnerstag: Abteilungsessen mit Besprechung. Freitag: Wohnung putzen, in der ich kaum war. Samstag: einkaufen. Sonntag: Familie und Freunde. Wie langweilig. Viel Rhythmus, aber keine Veränderung. Rhythmische Veränderung wäre doch mal eine Erfindung. Ich habe schrecklich Angst vor Veränderungen. Meine Reaktionen auf das Leben sind eher konditioniert. Ich weiß zu jeder Situation, wie ich reagieren soll, kann, muss. Wenn sich irgendetwas ändert, stehe ich immer da wie angegossen, steif und still, und weiß nicht, was ich machen soll. So und jetzt hab ich innerhalb eines Tages mein Leben dem Tode verschrieben, und siehe da, alles neu und alles gut. Wobei, eines Tages stimmt nicht so ganz, aber egal, es ist kein Weltuntergang, alles bestens. Es ist zwar alles anders, aber ungezwungener. Komisch. Trotzdem fehlt mir dieses berauschende Gefühl, dieses Vertrauen und die Geduld, das alles gut ist, denn das ist es nicht. Ich bin alleine. Mein Herz verschlossen und mein sehnlichster Wunsch von Glück - unerfüllt.

Schon so spät?

Ich muss los. Fünf Tramezzinis waren zu viel, aber gut. Wenn ich im Flieger sitze, schlafe ich erst mal und kaufe mir dann in Rom einen Kopfhörer.

Hört, hört!

War das mein Name gerade?

Ich werde ausgerufen. Warum das denn?

Ach so, weil ich Erste Klasse fliege. Wie nobel ist das denn und wie peinlich zugleich? Wie mich alle anstarren. Jetzt stehe ich hier ganz hinten und darf mich durch alle Wartenden durchdrücken.

Bin ich denn die Einzige, die Erster Klasse fliegt?

Scheint so. Schau nicht so doof. Ganz ruhig bleiben. Niemandem in die Augen schauen und schön dem Steward unauffällig folgen.

Unauffällig ist das gerade nicht.

Was ist das denn jetzt?

Soll das Erste Klasse sein?

Ich habe gerade fast fünfhundert Euro dafür ausgegeben, dass ich als Erste im Flieger sitze? Wie bitte? Fünfhundert Euro dafür, dass mich ein dicker Kunststoffvorhang vom Rest der billigen Plätze

hinter mir trennt? Und wie schwachsinnig ist das denn, mich als Erste hier rein zu setzen, wenn sich jetzt alle an mir vorbeidrücken müssen, um hinter mir Platz zu nehmen. Bei der Airline bekommt man den Gesichtsverlust für schlappe fünfhundert Euro nachgeworfen. Na wunderbar. Geht ja schon gut los. Ich mach einfach die Augen zu und schlafe.
Gute Nacht.

***

Wo bin ich?
Was mache ich in einem Flugzeug?
Bin nur ich hier drin?
Nein, hinter mir ist es voll.
Ich möchte weg. Einfach raus. O nein, jetzt läuft es wieder. Taschentuch, Taschentuch. Schnell. Ich will weg. Das war mal wieder eine wirklich dumme Idee von mir, hierher zu kommen, um was nachzuholen, was sich vielleicht in der Vergangenheit ganz amüsant angehört hat – betrunken auf einer Party, an genau dem Ort, an dem dumme Ideen geboren und sowieso niemals gemacht werden.
Was ist das nur für ein riesiger Flughafen?
Wie soll ich da nur jemals wieder raus finden?
Ich weiß, dass ich hier raus muss. Vielen Dank auch für Ihre Aufmerksamkeit, und jetzt lassen Sie mich wieder in Ruhe

rumheulen. Nein, bitte nicht. Sie kommt näher. Meine Tränen scheinen wohl eine willkommene Einladung dafür zu sein, um mich nerven zu können.
Wo ich hin möchte? Was geht die das an. Sie lässt nicht locker. Nicht setzen. Nein. Ich verstehe kein Wort. Was heißt Mitte auf Italienisch?
Ich möchte in die Mitte kommen. In die Mitte, zu mir. Was macht sie denn jetzt? Lass meinen Rucksack los ... und meine Hand. Hallo. Was soll das? Wie erkläre ich ihr jetzt bloß, dass alles in Ordnung ist?
Zwecklos.
Sie weiß genau wie ich, dass gar nichts in Ordnung ist, und dass das Beste in meinem Fall das ist, was sie gerade macht. Mich fest in ihre dicken Arme schließen und meine Tränen mit ihrem ranzigen Stofftuch tröstend abwischen, warten, bis alle an uns vorüber sind, um mich anschließend mit ihrer Familie in die Mitte zu bringen. Ich habe die Zeit verloren, und jetzt stehe ich hier, hier, in der Mitte.
Ist das überhaupt die Mitte?
Das hab ich jetzt davon. Von meinem verzweifelten in medio Geheule.
Heißt Mitte überhaupt medio auf Italienisch? Ich weiß nicht so recht. Piazza del Popolo. Der Obelisk ist jedenfalls in der Mitte des Platzes. In medio. Ach herrje. Diese Mitte.

Wuchtiges Kopfsteinpflaster haben die Römer hier verbaut. Dass mit den Stöckelschuhe kann ich hier vergessen. Wie können die Römerinnen hier nur gehen? Restaurant Canova. Hab ich noch Hunger? Ich weiß nicht. Ich bin so schrecklich müde. Via del Babuino. Da vorne ist bestimmt ein Hotel bei den Fahnen. Der Frühling hier riecht ganz schön süß. Das ist also die ewige Stadt. Ewig, in meinem Fall ist ewig ziemlich kurz, und für ewig ist schon mal gleich gar nichts. Piazza del Popolo sagt doch schon aus, dass hier alles für den Arsch ist. Po po lo. Holla. Hotel de Russie. Kann ich da, so wie ich aussehe, überhaupt reingehen?

Ich brauche einen Spiegel. Da ist ein Auto. Wenig Schlaf scheint mir zu bekommen, ich schau ja gut aus. Richtig gut sogar. Brust raus und rein mit mir.

Für immer und ewig.

Soll das ein Hotel sein oder ist das schon die Himmelspforte?

Wenn ich tot bin, möchte ich unbedingt hier rumgeistern dürfen. Die Blumen. Der Boden. Und wie freundlich alle sind. Egal wie viel es kosten wird, hier bleib ich für immer ... für nur diese eine Nacht. Eine Nacht im Paradies kostet also siebenhunderteinundsiebzig Euro mit Frühstück. Vielen Dank. Wie gnädig. Da ist der gute Schlaf mit im Preis inbegriffen, hoffentlich.

Ganz bestimmt brauche ich hier keine Pillen.

Meine Pillen?

Vergessen.

Meine Pillen?

O nein. Meine Pillen liegen auf meinem Nachtkästchen – bereit für die nächste miserable Nacht. In good old germany. Nein. Na hoffentlich findet meine Mutter sie nicht, sonst sind sie weg.

Ich werde schon klar kommen heute, oder?

Schöne Bettwäsche. Wie meine, die ich wegwerfen musste. Warte. Lass sehen. Na wunderbar. Das ist dieselbe. Tatsächlich. Selber Hersteller. Na toll. Die Nacht wird lang. Sehr, sehr lang. Oder wie Rom dazu sagen würde: ewig, sehr, sehr ewig.

Warum habe ich nur meine Pillen vergessen?

Wie konnte ich nur! Wenigstens kann ich hier ungestört rumheulen, ohne dass mich jemand gleich umarmt. Obwohl so eine Umarmung jetzt ganz schön wäre, und zwar von Tim. Ich vermisse dich so sehr.

Warum hast du mich nur mit Elise betrogen?

Ich meine, warum überhaupt mit irgendeiner?

War ich dir nicht gut genug?

War ich zu selten zuhause?

Was hat dir gefehlt?

Was?

Es war doch alles in Ordnung. Vielleicht war aber alles nur eine Inszenierung vom Schicksal selbst, um mir klar zu machen, mit dem Mann kommst du nicht mehr weiter. Game over. Bei allem anderen hätte ich ihm ja sowieso wieder verziehen, nur bei dieser Geschichte war dann doch alles zu viel. Es war gar nichts in Ordnung. Die ständigen Diskussionen über eine gemeinsame

Wohnung, um Miete zu sparen. Ich zahl doch keine Miete, wenn ich eine Eigentumswohnung habe, und ich kaufe auch nicht im Alleingang eine Penthousewohnung, wenn ich wollte, dass da jemand mit einzieht. Niemals. Außerdem waren wir schon lange zusammen, als ich mich dazu entschieden habe, ein Eigentum zu kaufen. Er wollte ja nicht. Soll ich Jahre darauf warten, bis sich jemand anderes endlich mal für meinen Traum entscheidet, den er nach Jahren genauso doof findet wie an dem Tag, als der Kauf im Raum stand? Dann hätte ich bestimmt niemals so eine tolle Wohnung gekauft, wenn ich auf ihn gewartet hätte.

Hab ich ihn überrumpelt mit meiner Entscheidung?

Entscheidet man überhaupt zusammen einen Wohnungskauf, wenn nur einer dafür bezahlt?

Wer zahlt, schafft an, heißt es doch immer so schön.

Kann Geld eine Beziehung zerstören?

Wie dumm war ich nur. Wie unendlich dumm. Warum bin ich auch noch mal zurückgefahren? Warum nur hab ich gerade an diesem einen Tag den Stick vergessen? Den hab ich noch nie zuvor vergessen. Noch nie. Es hätte alles so schön weiterlaufen können, wie es war. Ich hätte einfach so getan, als würde ich von nichts wissen, hätte ihn heiraten und Kinder bekommen sollen. Dann wäre er immer noch bei mir – glücklich und verheiratet. Vielleicht ist die Voraussetzung für eine glückliche Ehe, so zu tun, als wüsste man von nichts. Niemand hat jemals ein Wort darüber verloren. Ich hätte auch nichts sagen können, ich war fassungslos

über Wochen hinweg, nicht ansprechbar – und Tim, der war weg. Hat seine Sachen gepackt und ist verschwunden. Ohne Brief. Ohne ein Lebewohl. Der Mann, den ich über alles liebte, wurde von einer Sekunde auf die andere ein Fremder. Ich wusste nicht, ob ich Hunger oder Durst hatte. War das grausam, dieses Gelähmt-Sein, diese unbeschreibliche Leere.
Wie kann Lust nur so den Verstand vernebeln?
War das zwischen den beiden wirklich nur dieses eine Mal oder lief da schon länger was? Ich hab mich nie getraut, nachzufragen. Ich habe dem stillen Schweigen der bitteren Wahrheit den Vortritt gelassen und mir jahrelang eingeredet, dass Elise mich vor einem Fehler bewahrt hat, und dabei war der größte Fehler, den ich gemacht habe, ihr zu vertrauen. Nach alldem fehlst du mir. Ich war selber schuld. Schließlich habe ich mich viel zu sehr geöffnet. Verliebtsein macht blind und dumm. Ich war über mein Verliebtsein so stolz und glücklich, endlich einen Mann zu haben, der in mir diese Gefühle auslöst. Dieses Vermissen, wenn er anrief und sagte, es würde heute etwas später werden, oder wenn ich mich nachts in seine Arme kuschelte und er sagte, wie sehr er mich liebe und wie schön ich sei. Mein Herz pochte dann immer ganz stark. Die Sehnsucht, wenn er mich küsste, nach noch mehr Küssen, und die gemeinsamen Tagträume, wie wir unsere drei Kinder erziehen wollen. Als er weg war, hat er all das mitgenommen. Viel schlimmer noch, er hat mir alles weggenommen.
Wie kann man sich nur so sehr in jemandem täuschen?

Hab ich mich etwa selbst getäuscht?
Ich wollte nie heiraten und Kinder wollte ich sowieso nie.
Wer möchte auch schon ein unschuldiges Kind an seinem Unglück teilhaben lassen?
Das wäre ja unverantwortlich. So klar denken kann ich noch, dass eine Mutter, die mit ihrem Leben nicht klar kommt, kein sehr gutes Vorbild für so ein kleines Lebewesen ist. Das habe ich ja an meiner Mutter erlebt. Man sagt zwar immer, man macht alles anders als seine Eltern, aber wie soll man etwas anders machen, wenn man nur das Eine kennt? Ich wüsste nicht, wie ich die Dinge, die meine Mutter bei mir verbockt hat, bei meinen Kindern anders machen würde. Mehr zuhören, beziehungsweise ehrlich Interesse zeigen oder es lassen. Ich würde jeden Tag zu ihnen sagen, wie stolz ich auf sie bin und dass ich sie liebe, und ich würde sie, wenn sie traurig sind, fest in den Arm nehmen und sagen: „Es ist gut und absolut in Ordnung, anders zu sein, denn du bist einzigartig."
Rita hat uns immer die Ohren vollgeheult, wie einsam sie ist, dann ist sie schwanger geworden, und das Einzige, was ihr dazu eingefallen ist, war zu sagen, dass sie jetzt nie wieder alleine sein wird, weil sie jetzt ein Kind bekommt. Ja genau, sehr erwachsen, ein Kind zu bekommen, damit man nie wieder alleine ist. Und das Kind darf sich dann immer um Rita kümmern und sich aufopfern, nur damit es ihr gut geht. Tolle Voraussetzungen für so eine Mutter-Kind-Beziehung. Bin ich froh, dass ich zu ihr keinen Kontakt mehr habe. Ich glaube, die Kinder von Tim und mir wären ganz

süß geworden. Ja, ich habe mich selbst betrogen. Mit einer Vorstellung, die ich mit einem Mann leben wollte, von der ich selbst nicht überzeugt war. Wenn man sowieso, laut Buddhisten, immer wieder hierher zurückkommt, dann kann man doch das Kinder-Bekommen auch auf das nächstes Leben verschieben, oder?
Wenn man das Lügen verlernen könnte und man ehrlich das macht, was man möchte, was wäre dann?
Was wäre ich dann?
Oder wer wäre ich dann?
Dann würde ich den ganzen lieben langen Tag auf der Veranda meines Strandhauses in der Wärme sitzen und dem Rauschen des Meeres lauschen. Ich würde zeichnen, wenn mir vom Meeresrauschen die Ohren dröhnen und knuspriges Brot backen, und am Wochenende würde ich alle Freunde zum Brunch einladen, wir lachen und gehen am Strand spazieren, an meiner Hand der Mann, dem mein Herz gehört. Ja, das würde ich machen.
Wer ist auch schon gern ehrlich zu sich selbst?
Dass ich sterben möchte und die Reise angetreten habe, ist das einzig Ehrliche in meinem Leben, was ich mache und beende.
Ob man nur der sein kann, der man sein möchte, wenn man nicht dort ist, von wo man herkommt?
Im Urlaub laufe ich immer mit luftigen Kleidern in der Gegend herum und in meiner Stadt nur im Businessoutfit, die Haare straff nach hinten gebunden und meine Laune mies, und wenn mein Mund aufgeht, verhalte ich mich immer angepasst und freundlich.

Mein ganzes Leben lang. Ich sehe meine nervige Nachbarin mit ihren nervtötenden Kindern und am liebsten würde ich ihr den Kopf abreißen, weil sie so erbärmlich inkonsequent mit den kleinen Rebellen ist. Und was mach ich? Ich gehe vorbei und wünsche allen einen schönen Tag, anstatt das ich einfach mal was sagen würde.

Aua, mein Nacken fühlt sich an, als würde er zementiert sein. Meine Muskelrelaxanzien hab ich natürlich neben den Wunderpillen liegen lasse. War ja klar. Jetzt sitze ich hier in Rom herum und heule. Wenn Melody das sehen würde, die würde ausrasten.

„Du bist in Rom, einer der schönsten Städte auf Erden, in einem der besten Hotels der Welt, deine Arme und Beine sind noch dran, also mach was." Ja, du hast recht, aber ich kann es nicht genießen.

Ist da hinter dem Vorhang etwa ein Balkon?

Tatsächlich. Wie geht das Fenster hier auf? Ah, den Knopf drehen.

Soll ich Tim anrufen?

Seine Nummer hab ich noch eingespeichert. Falls die noch aktuell ist? Aber wie peinlich ist das denn jetzt, nach zwei Jahren aus dem Nichts anzurufen. Und was soll ich überhaupt sagen? Der hört doch sofort, wie verzweifelt ich bin mit meiner Heulnase.

Was sag ich nur?

„Hallo Tim, ich vermisse dich." Das wäre zumindest ehrlich. Der liegt bestimmt mit einer andern im Bett oder betrügt die Nächste leidenschaftlich. Ich könnte ja kurz mal anklingeln lassen und wenn er Lust hat, mich zu hören, kann er ja zurückrufen. Ist zwar auch ziemlich verzweifelt, aber vielleicht könnte ich dann endlich Frieden mit der ganzen Sache schließen. Wenn er nicht zurückruft, dann akzeptiere ich seine Entscheidung. Wenn er sich nicht meldet, dann weiß ich auch nicht weiter. Hat er jetzt eine neue Nummer oder ruft er nur nicht zurück? Vielleicht hat er mich auch schon völlig vergessen. Vielleicht freut er sich ja sogar, mich zu hören. Vielleicht klärt sich ja so einiges und er entschuldigt sich dafür, dass er mich nicht geheiratet hat wegen dieses Ausrutschers. O Gott, oder die Geschichte ist noch viel schlimmer, als sie war.

Möchte ich die Wahrheit überhaupt wissen?

Und was mach ich dann damit – mit der Wahrheit?

Was soll's? Ich habe nichts mehr zu verlieren.

Es klingelt, einmal, zweimal und aus. Mir ist total übel. Was hab ich nur getan? Die alten Geister aus der Vergangenheit heraufbeschwort. Na wunderbar. Der weiß doch gleich, was Sache ist, wenn er meine Nummer so spät aufblinken sieht. Die Alte hat nicht mehr alle Tassen im Schrank. Ich muss raus hier. Raus an die frische Luft. Kein Wunder, dass ich nicht schon eher auf die glorreiche Idee gekommen bin, mich total lächerlich zu machen. Die ganzen Wochen war ich schön brav aufgeräumt in der Arbeit, hab Unterlagen bearbeitet, Formulare ausgefüllt und meine Assistenten schikaniert, wenn meine Kaffeetasse nicht vorgewärmt worden ist. Ja, ich war bestens abgelenkt von dem ganzen Papier-

kram, so sehr, dass ich mir über alles, was damals vorgefallen war, keinen Kopf gemacht habe, und kaum bin ich mal einen Tag aus meinem Hamsterrad, kommen mir die dämlichsten Ideen. Das ist doch absurd. Sich bei so einer Sache ... Mein Telefon vibriert. O Gott, es ist Tim. Er ruft tatsächlich zurück.
Was mach ich jetzt? O Gott, was mach ich jetzt nur?
Ich muss mich hinsetzen.

***

Was war das denn jetzt?
Ich wusste, dass die Wahrheit schlimmer ist. Ich wusste es.
Wenn mein Leben auch ohne mich weitergeht, was mach ich dann noch hier?
Wir hätten doch über alles reden können. Warum hat Elise mir nie erzählt, dass zwischen den beiden nichts mehr lief, als ich die Wohnung verlassen hatte? Warum denkt er unsere Freundschaft retten zu können, indem er geht? Einfach verschwindet, ohne ein Wort, wohin. Na gut, für ihn war es das Einfachste. Er hatte Angst vor der Ehe, der Verantwortung, welche er da immer auch meinte. Verantwortung nimmt doch mit einem Trauschein nicht zu. Wie oft zuvor war Elise auch so früh vor der Arbeit auf einen Espresso bei mir? Zweimal in fünf Jahren, wenn's hoch kommt. Und wenn sie auf einen Espresso vorbeikommt, warum nimmt sie sich dann meinen Mann? Meinen Verlobten. Den Mann, der mein ganzes

Herz bei sich trug. Vielleicht hätte ich besser eine Hälfte behalten sollen. Diese Schlampe und dieser Vollidiot. Da teilt man sein Leben mit einem, denkt, man kennt ihn, wünscht sich nichts mehr, als jeden Morgen wach zu werden und nur ihn zu sehen, und kann sich auch noch vorstellen, dass alles mit hundertzehn genauso aufregend ist wie in diesem Moment ... und dann ... zack, weg ist er – für ewig.

Soll dass das Leben sein? Erst hui und dann pfui.

Wo bin ich eigentlich?

Verdammt, ich hab mich verlaufen. Wie perfekt. Du kommst mir gerade richtig. Ganz schön wuchtig, dieser Peters Dom. Halleluja. Mal schauen, ob man da noch rein kann. Die Türe bewegt sich zumindest schon mal. Und offen. Pst. Leise. Ich setze mich in die erste Reihe. Wie schön die Kerzen funkeln.

Herr, hier bin ich. Auf Umwege hab ich doch noch zu dir gefunden. Wobei es Umwege in deiner Welt ja gar nicht gibt. Ich dachte mir, wenn ich schon mal hier bin, dann könnte ich ein Zimmer bei dir reservieren. Weil ... ich doch bald, du weißt schon, bei dir bin, oben, im Penthouse.

Warum hat die ganze Welt mich nur verlassen?

Warum ist bei mir alles immer so anders?

Herr, für mein Anliegen gibt es noch keine Bücher, keine Psychologen, die mir helfen können, denn die meisten Menschen hier auf Erden haben furchtbar Angst vor dem Tod, und ich, ich habe eine unbeschreibliche Angst vor dem Leben.

Herr, warum ist der Tod nur für mich erstrebenswerter als das Leben?

Bin ich undankbar?

Herr, sag mir doch bitte, ob man das Fühlen wieder zurückholen kann, es erlernen. Würde ich einen Grund haben, hier zu bleiben, dann wäre es der, wieder zu lieben, falls man überhaupt einen Grund zum Leben braucht, dann wäre es dieser einzige. Versteh mich nicht falsch, also natürlich ist es schön, geliebt zu werden, aber Herr, das Schönste und das, was ich am meisten vermisse, ist, jemanden zu lieben. Egal wen. Ich möchte wieder diese Freude in mir fühlen, jemanden glücklich zu machen. Dieses Rumgeheule geht mir echt höllisch auf die Nerven. Entschuldigung. Wenn ich mich zurück erinnere, erinnere ich mich nur schemenhaft an diese Bilder, in denen ich glücklich und erfüllt war, jedoch komme ich an dieses Gefühl nicht mehr heran. Ich hoffe, du verzeihst mir, wenn ich oben auf der Bank neben dir einen Kaffee trinke und du mir mein gelebtes Leben zeigst, wie ich es hätte anders machen können, um glücklich zu werden. Ich möchte bitte einfach nur wieder zu dir. Was der Krebs nicht geschafft hat, wird der Krieg erledigen und mich bald schon zurück zu dir holen. Dein ewiges Rom hat mich zwar nicht in die Mitte gebracht, aber es hat alles getan, um meinen Tod ein wenig hinauszuzögern, so hab ich wenigstens noch die Wahrheit über Elise und Tim erfahren können. Danke dafür. Morgen werde ich mir noch einen Jugendtraum erfüllen und über die ... Da kommt jemand. Was macht der denn um die Zeit hier?

Aha. Die Kerzen auswechseln. Der kann wahrscheinlich auch nicht schlafen. Irgendwie hab ich überhaupt keine Lust, bis morgen hier zu bleiben. Es bringt doch sowieso nichts, alles Versäumte nachzuholen, wenn man doch in ein paar Tagen schon nichts mehr davon weiß. Ist doch dann alles für die Katz. Sowas kann man machen, wenn man noch einen Hauch von Lebenslust besitzt. Einige fühlen sich danach bestimmt lebendiger, ich werde eher angefahren, komme mit lebensgefährlichen Verletzungen ins Krankenhaus und krepiere an meinen unerträglichen Schmerzen. Neben mir sitzt Mama und fragt mich die ganze Zeit, was ich denn in Italien verloren hätte, und so weiter und sofort. Ja genau, was mache ich eigentlich noch hier, außer meine Zeit verschwenden? Schließlich bin ich hier nicht auf dem Jakobsweg. Eher auf dem Holzweg. Jakobsweg versus Holzweg. Ich hab gerade Lust auf Kuchen. Auf so ein schönes warmes Stück Apfelkuchen. Der von Großmutter war der beste.

Was mache ich hier eigentlich?

Ich gehe morgen nicht über die Straße. Macht ja keinen Spaß, wenn man keine Angst hat. Lustlos die Straße überqueren, kann ich ja jetzt auch machen. Fällt hier sowieso nicht auf. Macht ja jeder hier. Da, die machen es auch. Und jetzt ich. Unglaublich. Die sind doch vor zwanzig Metern erst auf die andere Straßenseite gegangen. Und jetzt wieder ich. So dauert der Weg bis zum Hotel

doppelt so lange. Ist ja wie eine Desensibilisierung auf den schlechten Fahrstil hier. Und wieder wechseln. Supplis.
Was ist das?
Schaut nach frittiertem Reis mit Käse aus. Noch nie gehört. Supplis. Vielleicht isst man das in einer Suppe oder zur Suppe? Keine Ahnung, sieht aber köstlich aus. Da sieht man ja schon, dass die Dinger schmecken. Heute tue ich mal so, als hätte ich keine Probleme, muss ich ja, schließlich habe ich meine Pillen vergessen, und morgen mach ich mich dann gleich auf zum Flughafen. Frühstücken? Ich kann ja mal schauen, was es hier so gibt, und vielleicht hole ich mir noch so ein Supplis. Mal sehen, wie meine Laune morgen ist. Zwanzig Minuten und mein ganzes Kopfkino über meine schmerzliche Trennung ist wie weggeblasen. Hätte er mir das nicht damals in zwanzig Minuten alles genau so simpel sagen können wie gerade eben? Mann, bin ich wütend. Ich bin so wütend. Wenn ich meine Tabletten schon vergessen habe, dann muss heute Alkohol herhalten. Ich brauche Rum. Viel Rum. Und siehe da – eine Bar. Nein. Fußball. So spät gibt es doch keine Spiele mehr. Außer Wiederholungen, oder?
Moment mal. Eine volle Bar mit neunzig Prozent Männeranteil? Jackpot. Das könnte ein feuchtfröhlicher Abend werden. Der da drüben ist süß. Hat der einen Ring am Finger? Ich kann nichts erkennen. Ich muss da irgendwie unauffällig näher dran.
Wut, lass nach, komm schon, bitte. Der Rum zeigt Wirkung. Nur langsam. Noch einer.

Am liebsten würde ich jetzt zu ihr fahren, sie rausklingeln und ihr ihre beschissenen wasserstoffblonden Haare ausreißen. Wenn ihm schon nicht einfällt, mir zu sagen, dass da nichts gelaufen ist, wieso hält dann bitte sie so lange die Klappe? Das macht doch überhaupt keinen Sinn. Ihr Glück war doch nur immer mein Unglück. Mal abgesehen davon, dass sie mich in den über fünfunddreißig Jahren bestimmt fünfzehn Mal vergessen hat, auf ihre Geburtstagspartys einzuladen aber dass sie es als Freundin durchgehen lässt, dass ich unverheiratet und deswegen hochgradig unglücklich bin, mich unaufgeklärt über die Wahrheit, was damals war, dahinsiechen lässt, ist unentschuldbar. Wer solche Freunde hat, braucht keine Feinde mehr.

Wie oft bin ich vor ihr unter Tränen zusammengebrochen, weil ich mich so unendlich einsam fühlte?

Wie oft hab ich ihr erzählt, wie viel mir dieser Mann bedeutet hat? Wie oft nur? Unzählige Male. Und was macht sie? Sie sitzt stillschweigend neben mir. Sie hätte die Macht gehabt, mein Leid zu lindern. Sie alleine. Und sie hat es nicht getan, nicht einmal versucht. Ich glaube, Tim hat mir nicht die ganze Wahrheit erzählt. Die haben sich bestimmt noch öfters getroffen. Ganz bestimmt.

Er sieht rüber.

Na gut, wenn die beiden es nicht geschafft haben, in meinem Bett zu vögeln, dann vollende ich das heute für sie. Ich glaube, drei Gläschen Rum sind erst mal ausreichend, um mir das zu holen, was ich möchte.

Gebt mir ruhig für alles die Schuld, aber den Rest, den könnt ihr behalten.
Der lässt aber auch nichts anbrennen. Ich mag keinen Ramazzotti. Diese pappsüße Plörre. Ach, egal.
Ich verstehe kein Wort, Süßer. Der wird doch wohl ein paar Brocken Englisch können? Obwohl, das, was ich mit dir später vorhabe, geht auch ohne Wörterbuch. Der hat es aber auch eilig. Heute leuchtet das Licht auf meiner Stirn „bitte befriedigen" aber so was von hell. Diese Bar ist so eng und feucht, wie ich gerade. Küss mich weiter.
Hab ich meine Beine rasiert? Der drückt mir seinen Penis aber ganz schön einladend an die Schenkel. Na dann, komm mal mit, Junge, jetzt wird getanzt. Wenn der mich später so untenrum küsst, wie er es gerade mit meinem Ohr macht, dann kommt heute Nacht Dresden nach Rom und ich hoffentlich auch ein paar Mal.
Kann ich im Russie überhaupt mit ihm ...?
Egal, der ist jeden Ärger wert. Diese Augen. Ich hab so Lust auf dich. Wir tanzen in meinem Bett weiter. Jetzt.
So, unauffällig und ruhig am Empfang vorbei und rein in den Aufzug. Ich liebe kräftige Männerfinger in meinem Höschen. Hoffentlich steigt jetzt keiner ein. Glück gehabt.
Wo ist nur meine Zimmerkarte?
Schnell, schnell. Da ist sie ja.

***

Es ist nicht die Zeit, die Wunden heilt, es ist die Vergebung.

Was?

Au, mein Kopf.

Herrgott, was um Himmelswillen ist das denn bitte?

Igitt. Ein Kondom an meinem Arm. Na toll, da ist noch eines. Ich habe einen Filmriss. O nein, ich habe einen Filmriss.

Moment. Was ist gestern passiert? Ganz ruhig.

Ich war in der Bar, habe Rum getrunken, geflirtet und …? Und dann muss ich wohl einen Typen mit hierher genommen haben. Und nach den ganzen Kondomen zu urteilen, die hier überall verteilt im Zimmer rumliegen – sogar auf der Nachttischlampe klebt eines –, kann ja nur eines gelaufen sein, also das Eine, nur öfters.

Das Letzte, an das ich mich noch erinnern kann, ist, wie ich das Zimmer aufgesperrt habe. Herr Gott, was habe ich gestern getan und vor allem mit wem?

Die Dusche läuft. Bitte nicht. Der Typ ist noch da.

Was mach ich jetzt?

Ich bleib einfach liegen und tu so, als würde ich noch schlafen, und wenn er weg ist, dann dusche ich erst mal. Hier riecht es nach verbranntem Gummi. Da liegt noch eins. Sag mal, ich hab doch hoffentlich nur für ein paar Stunden mein Gedächtnis verloren. Könnten aber auch drei Tage gewesen sein, nach dem, was hier so rumliegt.

Pst. Er kommt.

Ich muss husten. Er bewegt sich nicht mehr. O bitte, er wird mich doch jetzt nicht ansehen. Doch, und er kommt zurück ins Bett. Na toll. Okay, er will noch hier bleiben. Muss wohl gut gewesen sein gestern. Verdammt, ich weiß nichts mehr. Was wird das denn jetzt? Morgens wachgefingert zu werden, ist ja fast so gut wie starker Kaffee. Soll ich mich schon umdrehen? Und wenn der Typ scheiße aussieht? Ich lass mal lieber meine Augen zu und taste mich langsam vor, aber erst, wenn ich gekommen bin. Ja, nimm den zweiten Finger noch dazu. Tiefer. Ja, bitte, noch tiefer. O Gott, ich komm gleich. Ja, ja, ja, genau da. Mehr, viel mehr. Wow, der Typ sieht ja lecker aus. So Baby, zeig mal, was du noch so drauf hast, ich habe überhaupt keine Erinnerung an gestern.

Was ist jetzt los? Er hört auf. Warum?

Mach weiter. Los, mach schon. Okay, das wars dann, er ist gekommen und wahrscheinlich gestern auch schon fünfmal zu früh. Enttäuschungen sind immer so furchtbar aufklärend und ehrlich. Runter von mir. Ich geh jetzt duschen und dann ist er hoffentlich weg. Ende gut, gar nichts gut. Was mach ich jetzt mit meinen Klamotten, die stinken nach Rauch, Schweiß und Lust. Ich seife sie einfach unter der Dusche mit Shampoo ein. Halt. Dann hab ich ja nichts mehr zum Anziehen, aber mit den Sachen kann ich auf keinen Fall unten frühstücken. Nein, das geht überhaupt nicht. Ich hab aber Hunger. Oder ich wasche meine Sachen jetzt, föhne sie trocken und bestell mir Frühstück auf das Zimmer. Ja, genau, das ist eine gute Idee. So ein Hotel hat doch bestimmt einen Bademantel oder so. Hier liegen so viele Kosmetiksachen herum, schade nur, dass es sich nicht mehr lohnt, die alle mitzunehmen. Aber das Parfüm, das kommt mit, denn noch mal werde ich keine so luxuriöse Möglichkeit haben, meine Wäsche zu waschen. Föhne ich erst meine Haare oder bestell ich erst? Ich bestelle und föhne in der Zwischenzeit. Genau.

O Gott, bin ich jetzt erschrocken. Was macht der denn noch hier? Angezogen ist er zumindest schon mal.

Don Jon, ich verstehe kein Wort. Was willst du? Warum fuchtelst du mit deiner Brieftasche vor meinem Gesicht herum. Ja, wunderschönes Leder. Toll. Er schreibt was. Was soll das denn jetzt sein? Zweihundertfünfzig Euro. Für was? Braucht er Geld? Er möchte Geld. Aha. Für was? Hat er gestern meine Rechnung in der Bar bezahlt? Auch wenn es sich nach so viel anfühlt, aber so viel hab ich garantiert nicht getrunken. Ganz sicher nicht, Schätzchen.

Wen ruft er denn jetzt an? Nein, ich will nicht telefonieren. Was soll ich denn sagen?

Das darf doch jetzt nicht wahr sein. Wie? Moment. Ich hab doch jetzt nicht mit dem Zuhälter von dem Typen telefoniert oder der Mafia oder, noch besser, dem Vatikan. Deswegen ging das alles so verdächtig reibungslos. Jetzt wird mir so einiges klar. Wo ist mein Geld? Was soll's? Ich gebe ihm besser noch Trinkgeld. Für was auch immer.

Wie viel Trinkgeld gibt man einem Call-Boy? Zehn Prozent? Nach was rechnet so einer überhaupt ab? Nach Orgasmen? Nach Stunden eher nicht. Dreihundert Euro ist mir der Spaß allemal wert. Reiß ich mir einen Call-Boy auf. Wie krass ist das denn? Bin ich so unattraktiv geworden, dass ich schon dafür bezahlen muss? Wenn ich es hochrechne, kosten mich meine Pillen im Monat auch ungefähr so viel, eher mehr, und ich hab ausgezeichnet geschlafen, bin entspannt sogar. Hätte ich doch nur mein Geld für Call-Boys ausgegeben. Der Gedächtnisverlust war nur echt teuer. Wer weiß, ob er überhaupt für das Geld gearbeitet hat. Egal. Soll ich ihn noch zum Frühstück einladen? Irgendwie tut er mir so leid. Der Arme. Ich hoffe, er fühlt sich jetzt nicht ausgenutzt von mir. Ich wusste ja nicht, was er beruflich macht. Wobei, jetzt weiß ich es, und sogar ziemlich genau. Sehr tiefgründig der Don Juan.

Wie verabschiedet man sich von einem Mann, dem man gerade Geld für seine Dienste zugesteckt hat? Mit Petri Heil? Soll ich ihm die Hand reichen? Ihm auf die Schulter klopfen oder ihn einfach nur umarmen und mich bedanken? Oder einfach die Türe aufhalten und ihm einen Klaps auf den Hintern geben? Oder einfach nur eine Umarmung?

Er ist weg. Na endlich. Ich hätte ihn umarmen sollen. Hunger. Ich bestell jetzt erst mal was.

Zwanzig Minuten. O je, die Kondome. Schnell weg damit. Ich muss dringend Geld abheben und Kopfhörer brauche ich auch noch. Wo bekomme ich die denn jetzt her? Wie viel Geld habe ich noch übrig? Fünfhundert, achthundert, achthundertachtzig Euro nur. Mist. Ich brauche mindestens dreitausend, oder mehr. Vielleicht bekomme ich ja sogar einen Rabatt. Schließlich will ich in die andere Richtung. Angebot und Nachfrage und so. Sind doch alles gerissene Geschäftsmänner. Müll auf und weg mit euch.

Ob er Familie hat? Eine Frau und Kinder?

So ein schöner Mann muss sich doch nicht verkaufen? Die Welt ist echt bescheuert. Wenn er schon so einen Job macht, bei dem er seinen Körper verkauft, dann kann er doch auch als Model arbeiten. Da muss er doch nicht so was machen. Nur gut, dass ich Geld dabei hatte, ich möchte nicht wissen, was dann passiert wäre. Da wäre der Typ am Telefon bestimmt persönlich hier vorbeigekommen und wäre mit mir zum Geldautomaten gefahren. Dann wüsste ich jetzt zumindest schon mal, wo ein Automat steht.

Noch zehn Minuten. Hunger.

Wann muss ich hier eigentlich auschecken?

Das wird doch nie trocken mit dem Fön. Jetzt ist es halb neun. Ich frag mal lieber nach.

Und da ist er auch schon.

Oder sie?

Interessante Frisur. Wie hat sie die Haare nur so sauber um den Kopf geflochten? Selber hat sie das bestimmt nicht hinbekommen. Sieht viel zu kompliziert aus für zwei Hände und einen Kopf, der hinten keine Augen hat. Los, mach schon die Haube runter und geh wieder. Ich kann mich nicht erinnern, wann ich das letzte Mal

so einen Appetit hatte. Ich glaube, das war auf dieser Hochzeit. Ja, genau, bei der Hochzeit von Tims Ex. Ich wollte da ja erst nicht hingehen, aus Anstand, aber er wollte unbedingt seiner Ex eine reinwürgen. Reingewürgt hat nur sie mir alles. Warum musste sie auch in meinem Lieblingsrestaurant feiern? Abgesehen davon lädt man seinen Ex doch nicht explizit ohne Freundin ein. Sie war doch diejenige, die geheiratet hat, also was sollte der ganze Mist? Ja, sie wollte ihm eine reinwürgen, und die Einzige, die sich den ganzen Abend über unwohl gefühlt hat, war nur ich. Ich, in meinem Lieblingsrestaurant, mit dem Mann, den ich liebe und hier nicht heiraten werde, weil sie das ja schon tut, und wie sieht das denn auch aus, und so weiter und sofort. Ihren Blick, als sie mich gesehen hat, werde ich nie vergessen.
Ich muss mich fertig machen.
Wieso war ich nur so unsterblich verliebt in diesen Mann?
Er war jetzt nicht so die Bombe im Bett, aber er hatte es trotzdem drauf. Irgendwie zumindest. Er hatte nicht einmal den Hauch von einer Ahnung, was mich zum Höhepunkt bringt. Er dachte echt, umso fester er stößt, desto toller ist er. Was weiß ich schon. Egal.
Verdammt, ich hab das Telefon nicht ausgeschaltet.
Wer ruft denn jetzt an?
Ja, genau, Alex, wer sonst. Na wunderbar. Der steht wahrscheinlich gerade vor verschlossenen Türen. Selber schuld. Darauf hab ich ja gar keine Lust. Und aus. Ich kauf mir besser einen MP3-Player und das Telefon, das entsorge ich einfach.

Genau so mache ich das, aber erst, wenn ich in der Türkei bin, obwohl, es muss doch auch ohne gehen. O Mann, was so ein kleines Ding für Stress machen kann. Was habe ich in meinem Leben für sinnlose Zeit mit diesem Apparat verschwendet. Bestimmt fünf Jahre brutto, oder netto. Tara, tata.
Für was braucht man eigentlich ein Smartphone?
Wenn jemand anruft, lädt der doch sowieso erst mal nur seinen Müll ab, und wenn es aufs Ende des Gespräches zuläuft, also wenn er sich ausgekotzt hat, dann kommt die obligatorische Alibifrage: „Und, wie geht es dir denn so?" Ganz im Sinne: Wer anruft, darf kotzen. Ja, mir geht es übrigens jetzt beschissen, nachdem du mir stundenlang die Ohren über dein total langweiliges Leben vollgelabert hast. Vielen Dank auch. Wer will schon hören, dass die Blumen vom Nachbarn zu weit in dein Grundstück hineinragen? Wer möchte schon hören, wie scheiße die letzte Nacht war, weil dein Freund erst um elf vom Seminar zurück war? Sie betrügt mich erst mit meinem Verlobten und wagt es doch tatsächlich dann, mich damit zu belästigen, dass sie jetzt nicht schlafen kann, weil ihr ach so toller Schatz erst später kommt. Die spinnt doch. Das ist doch das Allerletzte. Da heult sie mir was vor und kaum hört sie, wie er den Schlüssel in der Tür umdreht, schon bin ich unwichtig und alles ist wieder gut. Hauptsache man war nicht alleine, aber das sie meine Zeit verschwendet und mich um den Schlaf gebracht hat, war ihr immer scheißegal. Ich hätte einfach auflegen sollen. Ich hätte ihr sagen sollen, dass ich,

seitdem sie mit Tim …, jede Nacht alleine im Bett liege und nicht einmal weinen kann, weil ich so wütend bin, dass ich Tabletten brauche, um runterzukommen, nur um sie nicht zu erwürgen.
Wann hatte ich auch nur einmal die Gelegenheit, etwas von mir zu erzählen?
Was hätte ich auch erzählen sollen?
Wer ich bin?
Was ich gerne mache?
Wer bin ich und was mache ich gerne?
Stimmt. Wäre das Gespräch auf mich gelenkt worden, wäre es schnell still geworden. Ich habe keine Ahnung, was mir Spaß oder mich glücklich macht. Ich war immer glücklich, wenn ich Zeit mit Tim verbringen konnte. Ja, aber der ist jetzt nicht mehr da, und mein Glück ist auch dahin. Es kann doch nicht sein, dass ein Mensch geht und alles von dir mitnimmt, was dir so einen gewissen Sinn im Leben gegeben hat. Hmm?
Ich muss raus hier. Einfach nur an die frische Luft. Jetzt sofort. Mist. Meine Klamotten sind noch total feucht. Egal, es ist warm draußen, das geht schon. Alles klebt an mir. Die feuchten Klamotten und meine Vergangenheit. Ja, meine Vergangenheit fühlt sich wie feuchte Klamotten an, die sich klebrig um meine Haut herumlegen. Ganz schön einengend. Dann trockne ich mal meine Vergangenheit an der Sonne. Wenn doch alles nur so einfach wäre. Man stellt sich einfach in die Sonne und lässt sich seine Sorgen von den heißen Strahlen herunterbrennen, danach

fällt dir die ganze Last wie Asche von den Schultern und man hüpft unbeschwert weiter. Sonnentherapie sozusagen. Der Aufzug kommt wohl heute nicht mehr? Ich hab keine Lust zu warten, ich geh die Treppen runter. Langsam, die sind ja voll rutschig. Was ist das? Wasser oder was? Wahrscheinlich gerade geputzt worden. Die könnten aber auch ein Warnschild aufstellen. Wobei, wer geht hier auch schon die Treppen. Wer Geld hat, nimmt natürlich den Aufzug. Prinzipiell werden die reichen Leute immer fauler und im Endeffekt auch unbeweglicher, weil sie jeden Zentimeter mit dem Auto fahren und körperliche Anstrengung sowieso nur für die Arbeiterklasse ist. Verdammt, verdammt. Autsch, ich hab mir den Fuß verdreht. Verdammt, schmerzt das. Mist. Ich komm nicht mehr hoch. Verdammt, verdammt. Mein Knöchel. O nein, ich blute. Bitte lass es nicht gebrochen sein. Bitte. Atmen. Atmen. Ganz ruhig. Bleib sitzen und atme. Hoffentlich kommt jetzt niemand. Ich hätte doch auf den Aufzug warten sollen. Strafe folgt auf dem Fuß, da habe ich es wieder. Ich mit meiner ewigen Ungeduld. Wer schön sein will, muss leiden, und wer sterben möchte, muss auch was aushalten können. Los, hoch mit dir. O mein Gott, schmerzt das. Ich schaffe es nicht.
Ich schaffe es nicht.
Ich kann nicht mehr.
Ich möchte nicht mehr.
Gut, bleib einfach stehen. Atmen. Ruhig, ganz ruhig. Fein. Jetzt ganz leicht den Fuß belasten, mehr, langsam, mehr, ja, besser,

und stehen bleiben. Atmen. Locker lassen. Atmen. Langsam auftreten, ganz langsam.

Ich habe mich so satt.

Ständig diese Ausreden, was ich nicht schaffe oder nicht kann.

Es reicht mir mit mir.

Beiß die Zähne zusammen, schluck deine Tränen runter, du interessierst hier niemanden, du bist auf dem Weg zu sterben, im Krieg, freiwillig, und heulst, weil du auf einem frisch gewischten Boden ausrutschst. Wie lächerlich bist du denn? Los. Geh schon. Los. Haltung bewahren. Du hast es gleich geschafft. Noch ein paar Meter und draußen. Geschafft.

Ich habe es geschafft.

Ich setze mich trotzdem lieber erst mal da vorne in das Café und dann schau ich weiter. Schönes Kleid. Das probiere ich, aber erst mal hinsetzen.

Supplies. Was ist das denn jetzt? Ich bestell mir mal eines und lass mich überraschen. Mir ist gerade total übel. Hör doch bitte auf, so zu ziehen. O nein, der Knöchel wird immer dicker. Einfach ignorieren. Wobei einfach ignorieren mir immer mehr Probleme gebracht hat, als einfach mal hinzuschauen. „Reflektiere dein Leben" hat doch dieser Großstadtschamane großkotzig gepredigt. „Reflektiere dein Leben und verzeihe." Na ja, wenn ich zurückdenke, nervt mich einfach alles, wie es war, und dann bin ich so genervt, dass ich keinen Sinn aus meinen Aktionen erkennen kann. Ich bin ja auch selber schuld, wenn ich allem einen Sinn geben muss. Ich brauche dringend Abstand von mir, oder vielleicht ist der Abstand zu mir schon so groß, dass ich viel zu weit weg bin von mir? Ja, ich sehe mich nicht mehr.

Wie im Kleinen, so im Großen.

Wo sehe ich mich eigentlich in meinem Leben, wenn ich mich nicht gerade in Aleppo am Schlachtfeld sehe?

Ich wollte immer Kinder mit Tim, auch wenn ich ihm gesagt habe, dass ich lieber kinderlos sein möchte. Die Vorstellung, schwanger zu sein, mit dem dicken Bauch ins Krankenhaus zu gehen und mit einem Kind wieder nach Hause zu fahren, hat mir immer Angst gemacht. Wenn man sich selbst unwillkommen fühlt, wie kann man dann einem kleinen Lebewesen das Gefühl vermitteln, herzlich willkommen zu sein?

Ich glaube, das geht nicht.

Wie soll man auch was weitergeben, das man nicht kennt, beziehungsweise selber haben möchte? Das wäre ja dann so, als würde ich nur ein Kind bekommen, damit mich jemand liebt – für immer. Davon gehen Eltern doch immer ganz naiv aus. Meine Kinder müssen sich jetzt ein Leben lang um mich kümmern. Meine Versicherung. Jeder möchte doch geliebt werden. Aber wenn Eltern wollen, dass ihre Kinder sie lieben, dann müssen doch erst die Eltern die Kinder lieben und nicht andersrum. Wenn man nicht vorgelebt bekommt, was Liebe ist, wie soll man dann jemals jemand anderen lieben können? Vielleicht funktioniert es ja so, dass man Liebe von den Eltern bekommt, und wenn man dann groß ist, kann man sich selbst lieben, ohne davon abhängig zu sein, dass ein anderer dich liebt.

Du liebst dich einfach selbst.

Ja, genau, das macht einen doch total unabhängig von den Launen der anderen. Wenn man sich selbst liebt, braucht man nur noch sich. Ja, genau.

Und wie liebt man sich selbst?

Wenn man sich was Gutes tut.

Und wie tut man sich was Gutes?

Man erfüllt sich seine größten Wünsche und lässt sich vom Rest der Welt am Arsch lecken. Genau. Die Sonne tut so gut. Der Typ da drüben kommt mir irgendwie bekannt vor. Kann nicht sein. Den hab ich doch schon mal irgendwo gesehen.

Am Flughafen? Nein.

Im Hotel? Auch nicht, oder?

O Gott, das auch noch. Der Call-Boy von letzter Nacht. Hoffentlich sieht er mich nicht. Bitte geh einfach weiter. Nein. Bitte nicht herschauen.

Ist das seine Schwester?

Das ist seine Frau. Tatsächlich, und einen Ehering hat er jetzt auch am Finger. Ja, wunderbar, und Kinder hat er auch noch. Der traut sich ja was. Der hat ja sogar dieselben Klamotten an wie gestern Nacht. Da hängt doch noch der Geruch von Sex drin. Das riecht die doch. Ist der doof? Oder vielleicht weiß sie ja Bescheid, wie ihr toller Mann sein Geld verdient. Ich würde verrückt werden. Schau einfach weg und genieße deine Supplies. Eigentlich unverschämt, mir drei Stück hinzustellen, obwohl ich nur eines bestellt habe. Lecker, diese Dinger. Ich bestelle mir noch drei Stück und einen Cappuccino. Na toll, jetzt hat er mich gesehen. Schau wieder weg. Deine Familie sitzt neben dir. Ich fühle mich richtig schlecht jetzt, obwohl ich gar nichts gemacht habe. Hätte ich gewusst, dass er verheiratet ist und Kinder hat, ich wäre doch niemals mit ihm mitgegangen. Echt nicht. Das ist ein No-Go. Zumindest in meiner Welt. Das geht gar nicht mehr seit dieser Nacht in Dresden. Danke.

Ich bin gerade richtig glücklich darüber, ich zu sein und nicht sie. Betrogen zu werden, macht einen verdammt einsam. Ja, sehr einsam, weil man keinem mehr vertrauen kann oder möchte. Von heute auf morgen sind alle Betrüger. Eigentlich kann es mir ja völlig egal sein, schließlich habe ich ja niemanden betrogen. Genau, vielleicht mache ich ja sogar alles richtig und erkenne es nur nicht, weil ich meine, dass das, was die anderen machen, normal ist, und was ich mache, falsch. Vielleicht vergleiche ich mich ständig mit den anderen und bin deswegen mehr die anderen als ich selbst. Vielleicht fühle ich ja alles und weiß es nur nicht, weil mir jemand, der nichts fühlt, erklärt hat, was fühlen ist. Ja, genau, vielleicht bin ich total in Ordnung und weiß es nur nicht, weil ich ständig darauf warte, dass irgendjemand, der es mir nicht gönnt, ich zu sein, zu mir sagt, wie einzigartig und besonders ich bin. Der Neid der anderen hat mich ständig davon abgehalten, ich zu sein. Erfolg macht auch keinen Spaß, wenn man alleine ist. Wenn da niemand ist, der ihn mit dir teilen möchte, nur weil er sich neben dir so unendlich klein fühlt. Klar, da ist es doch einfacher, um sich größer zu machen, den anderen in dem Glauben zu lassen, er mache alles falsch. Verdammt. Herzlichen Glückwunsch auch, ab heute höre ich euch nicht mehr zu. Und dich brauche ich auch nicht mehr. Löst eure Probleme zukünftig selbst. Viel Spaß damit. Seit ich euch alle nicht mehr um mich habe, sind meine Probleme verschwunden.

Ihr seid meine Probleme.

Ihr wart meine Probleme.

Ich könnte den ganzen lieben langen Tag kaffeetrinkend in der Sonne sitzen. Mein Fuß schmerzt gar nicht mehr. Ich bleibe trotzdem lieber noch einen Tag hier und schone ihn. Das mache ich. Dann hebe ich heute tausend Euro ab und morgen noch mal, und in der Türkei auch noch mal, dann müsste ich locker bis nach Aleppo kommen. Dann hab ich knapp viertausend Euro. Da springt auf jeden Fall noch was Frisches zum Anziehen raus. Wer weiß, was noch alles dazwischen kommt. Hoffentlich noch mal ein Typ. Ja, hoffentlich. Nur diesmal bleib ich nüchtern. Komplett.

Ich hatte noch nie nüchtern mit jemandem geschlafen. Erbärmlich. Vom allerersten Mal bis gestern war ich entweder angetrunken oder unter Tabletteneinfluss. So gesehen hatte ich noch nie Sex. Der Alkohol hat mich sowieso nur vergessen lassen. So, jetzt vernichte ich dich endgültig. Der Salzstreuer sieht stabil genug aus. Und noch einmal. Und weil es so schön war noch einmal. Scherben im Wert von Achthundertneunundneunzig Euro. Das hätte ich schon eher tun sollen. Diese Stille. Herrlich. So, und jetzt buche ich mir den Typen für heute Nacht noch mal. Was soll's? Werden wir ja gleich sehen, ob seine Frau weiß, was er so macht, wenn sie nicht mit dabei ist. Nur wie mach ich ihm jetzt begreiflich, dass er heute um acht vorbeikommen soll? Meine Chance. Sie geht mit den Kindern zum Brunnen. Was sag ich jetzt, damit er mich versteht? Am besten, ich leg ihm einen Zettel hin und geh einfach weiter. Ähm, ich hatte doch irgendwo einen Stift. Hier ist er. Schnell, bevor sie wieder kommen.

Was zu tun, ohne zu wissen, was man macht, ist das Eine, aber wissen, dass man das Falsche tut, ist das Andere. Leb wohl, du und deine Familie. Mit dir oder ohne dich. Ich bleibe heute alleine, wie immer, nur ohne Tabletten und nüchtern. Mal sehen, ob ich mich ohne Bewusstseinstrübung überhaupt ertrage. Sich auf verheiratete Männer einzulassen, ist doch auch nur ein Selbstschutz, keine Verantwortung für eine Beziehung übernehmen zu müssen. So weiß man wenigstens von Anfang an, dass man nicht die Einzige ist und es gibt keine bösen Überraschungen. Wenn er da ist, genießt man zusammen die Zeit, und wenn er weg ist, genießt man sie entweder mit sich oder halt mit einem anderen. Völliger Schwachsinn. Mich hat es immer stolz gemacht, treu und mit Haut und Haaren nur in einen Mann verliebt zu sein. Nur den Einen zu vermissen. Diese ständige Suche auf

Abenteuer macht doch irgendwann mal müde. Auch wenn mir Tim oft auf die Nerven ging, wäre ich niemals auf die Idee gekommen, mich mit einem anderen zu vergnügen. Warum denn auch alles zerstören, wenn man doch weiß, was man an dem anderen hat? Wieso Gold gegen Blei eintauschen? Dieses Gefühl, zu wissen, er ist genug, vermisse ich. Trotzdem ist es beängstigend, so schön es auch ist, aber du öffnest dich einer Person, und hast du es mal geschafft, auf zu machen, kann es auch schon wieder vorbei sein. Man macht nicht auf, damit man nicht verletzt werden kann, kann aber nicht lieben, wenn man verschlossen ist. Lieber hab ich mein Herz weit offen, wenn auch nur für kurze Zeit, und genieße, was der Augenblick mir gerade bringt, als dieses lästige Gefühl, das ich seit Jahren mit mir herumtrage. Diese lieblose Leere, die mich sterben lassen möchte, weil sie keine andere Lösung mehr findet, außer den süßen Tod.

Was möchte denn die jetzt von mir?

Die Rechnung? Ich wollte eigentlich noch eine Nacht bleiben.

Gut, erledigt.

Wieso ist der gestrige Tag doppelt so teuer wie der heutige?

Verstehe ich nicht. O Gott, wie peinlich. Die hat doch nicht bitte den ...? Also wirklich Nein. Die haben doch tatsächlich den Call-Boy mit abgerechnet. Toll. Jetzt hab ich fast tausend Euro für eine Nacht ausgegeben, von der ich nichts, und zwar absolut nichts, mehr weiß. Da wäre es besser gewesen, ich hätte ihn auf ein Eis eingeladen und seine Familie gleich dazu. Die wussten doch genau, was das für ein Typ ist. Wahrscheinlich stecken die alle unter einer Decke. Voll abgezockt. Was soll's? Ich kann mir den Spaß leisten. Dafür gönne ich mir jetzt das Kleid in dem Laden daneben.

Wie bitte? Zwölftausendvierhundert Euro.

Für das Kleid da?

Okay, wenn es passt. Wenn ich das mit der Kreditkarte bezahle, müsste ich noch tausend Euro abbuchen können. Oder soll ich erst abbuchen und dann das Kleid kaufen? Hmm? Ist hier eine Bank in der Nähe? Mist, mein Handy liegt ja in tausend Scherben auf dem Restauranttisch. Hier wird doch irgendwo eine Bank sein. Da hinten sieht es nach Geld aus. Riesige Bordsteinkanten und tiefergelegte Autos passen irgendwie gar nicht zusammen. Meine Güte, jedes Auto hat 'ne Schramme. Sogar der Porsche und der Mini. Ich würde ja die Krise bekommen, wenn ich solche Dellen im Blech hätte. Mein Auto.

Moment. Als ich gestern zum Dom spaziert bin, hab ich doch irgendwo eine Bank gesehen. Genau. Andere Richtung. Da drüben.

***

Tim und Elise waren gemeinsam den Wein für unsere Hochzeit holen. Sie kamen später zurück als geplant und erzählten, eine

Flasche sei gebrochen. Ja, genau, gebrochen, ich erinnere mich. Sie haben den Wein getrunken. Ganz sicher.
Wie blind kann man nur sein?
Wie dumm war ich nur?
Dann wundert es mich jetzt auch nicht, dass Elise nie gesagt hat, dass zwischen beiden an diesem Morgen nichts lief. Klar, vielleicht da nicht, aber ein paar Tage davor. Danke. Vielen Dank auch. Schweigen ist auch lügen in einem gewissen Maß. Soll man denn ständig misstrauisch sein? Ich hab nicht einmal darüber nachgedacht, ihnen zu misstrauen, weil ich niemals geahnt hätte, dass das notwendig wäre. Es ist doch ein ungeschriebenes Gesetz: Fass den Verlobten deiner besten Freundin niemals an. Niemals nie. Ja, aber Gesetze sind wohl wirklich nur dazu da, um sie zu brechen – und mein Herz mit dazu.
Wie die Zeit alles ändert. Mit sechzehn wollte ich unbedingt die goldene McDonalds-Karte und den ganzen Laden leer essen, und heute habe ich keinen Appetit mehr – auf nichts. Der Schmerz, dass Tim mich betrogen hat, sitzt so tief, als wäre die Zeit stehen geblieben. Die Zeit heilt keine Wunden, aber das Verzeihen.
Verzeihen?
Nur wie?
Betrug ist ein weltlicher Selbstläufer, und ständig in der Vergangenheit festhängen, bringt auch niemanden weiter.
Schuld! Gibt es die überhaupt oder ist Schuld nur eine Erfindung der katholischen Kirche, um uns an das Leid zu binden?

Wer wäre ich ohne meine Vergangenheit?

Ich wäre frei. Frei von den ganzen Erlebnissen, die mir, wenn ich an sie denke, nur den Tag vermiesen, und frei von den hilfreichen Stimmungsaufhellern, die mein Leid für ein paar Stunden unterdrücken.

Wie haben die Menschen nur ohne diese Wunderpillen vor Jahrhunderten überleben können? Die sind einfach nicht so alt geworden, sodass sich die Probleme überhäufen hätten konnten, ganz einfach. Wir werden älter, und unsere ungelösten Probleme nehmen immer mehr zu. Vielleicht muss ich ja nur warten, bis ich siebenundsechzig werde, mich quasi totarbeiten, viel Geld anhäufen und dann, ja, und dann leben. Krank und einsam. Da hab ich es jetzt aber besser getroffen. Jung, reich und gesund. Gesund und einsam. Auch nicht zu empfehlen.

So viel Bargeld hab ich auch noch nie rumgetragen. Frisches Geld riecht fast so gut wie ... wie ...?

Ich brauche dich nicht mehr.

Ich habe alles, was ich brauche.

Ich habe mich.

Lebe wohl.

Lebe wohl.

Ja, lebe wohl.

Heute.

Jetzt.

Ihr habt lange genug kostenfrei in meinem Kopf gelebt, und ich bin dankbar für die schönen Erinnerungen mit euch, wobei die schlechten überwiegen, aber jetzt geht.
Jetzt gibt es nur noch mich.
Mich alleine.
Als kleines Mädchen wollte ich immer nur glücklich sein. Als ich Leukämie hatte, wollte ich unbedingt leben, und jetzt, wo ich alles habe, außer Glück, möchte ich nichts lieber als sterben. Que sera sera. Vielleicht hat die Medizin einen Punkt überschritten, in dem sie dafür sorgt, dass jeder älter, aber nicht gerade gesunder wird. Wenn man so schnell wie ich ist, kann man doch locker mit vierzig sterben – gesund und munter, ohne Groll wäre natürlich wünschenswert. Man feiert sich in seine Beerdigung hinein, legt sich dann in den selbst ausgesuchten Sarg und lässt sich dann von seinem Trauzeugen, halt, nein, seinem Sterbezeugen, die giftige Todesspritze geben. Alle leben ihr Leben intensiver, jeder beschäftigt sich auch mit dem totgeschwiegenen Tod und ist sich der Vergänglichkeit aller Dinge bewusst. Ja, alles verändert sich, nur die Sehnsucht bleibt. Manchmal ist sie mehr, manchmal ist sie weniger, aber die Sehnsucht, die geht nie.
Diese Bordsteinkanten. Viel zu hoch. Mein Audi würde sie hürdenlos verschlucken.
Mein Auto. Ich vermisse dich.

Na dann. Traum für über zwölftausend Euro, du passt wie angegossen. Haute Couture von ...? Von Dior. War ja klar.

Ist ein Traum, der wahr wird, nur wahr geworden, weil man davon geträumt hat?

Und wieso haben Träume nie einen Anfang?

Entweder ist man in der Mitte, wenn man Glück hat, oder schon am Ende.

Sieht aus wie ein Mantel. Und dieses strahlende Blau. Genau in diesem Kleid möchte ich sterben. Wie bescheuert bin ich denn? Normalerweise würde ich mir ja nicht so einen schicken Fummel kaufen, aber bei diesem Anlass. Fühlt sich der Stoff gut an. Dieses Kleid ist zum Sterben gemacht, denn ich würde es sowieso nie wieder ausziehen. Ich sehe ja atemberaubend aus.

Kurz muss ich dich noch mal ausziehen. Ganz kurz aber nur. Versprochen. So, jetzt kauf ich dich frei und dann gehörst du mir.

So schnell habe ich noch nie etwas Passendes gefunden, geschweige denn gekauft. Wie lange war das jetzt? Keine Sieben Minuten. Gesehen. Probiert. Passt. Gekauft. Wenn man weiß, was man will, geht alles ganz schnell.

Wenn man weiß, was man will, geht alles ganz schnell?

Aha! You can get it if you really want. You can get it if you really want. Try, oder so. You can get it if you really want. Jetzt ruhe ich mich aus und versuche zu schlafen. Soll ich im Büro eigentlich noch Bescheid sagen, dass ich Urlaub mache oder krank bin und deswegen nicht komme, die nächste Woche, die nächsten

Monate, die nächsten Jahre, also gar nicht mehr? Blöd, ich hab ja mein Smartphone mit dem Salzstreuer zerstört. Na dann, die werden schon merken, wenn niemand mehr ihre Drecksarbeit macht. Oder besser, sie sind froh, dass ich weg bin. Da mochte mich bestimmt jeder genauso gern wie ich die anderen. Und zwar gar nicht. Mich zu kündigen, wäre ihnen wahrscheinlich zu teuer gewesen. Aus welchem Grund hätten sie mich auch rausschmeißen sollen? Weil ich immer pünktlich bin? Weil ich unentgeltlich Überstunden wie eine Blöde schiebe? Weil ich Ahnung habe? So unbezahlbar ich auch bin, so unkündbar bin ich auch. Pech gehabt. Die müssten mir sicher eine Abfindung von mindestens siebenhundertfünfzigtausend auszahlen. Nach all den Jahren, die ich dort gearbeitet habe, plus meine Stellung. Ja, das wäre eine angemessene Abfindung. Wer weiß. Ich wüsste gar nicht, was ich mit noch mehr Geld anstellen sollte. Haute Couture kaufen? Jeden Tag essen gehen oder sich einen Koch nach Hause bestellen? Ja, wäre eine Möglichkeit. Und jeden Tag zur Massage gehen. Trotzdem würde es lange dauern, so viel Geld alleine auszugeben. Ich habe Geld für drei Leben übrig. Drei lange Leben. Von null bis mindestens zweiundachtzig Jahre. Ich hab so viel, aber niemanden, mit dem ich teilen kann. Wie schrecklich ist das denn? Keine Kinder. Kein Mann. Freunde hab ich auch nicht – nicht mehr. Zumindest keine, denen ich mein hart verdientes Geld gönnen würde. Ich zahle jeden Monat, seit ich fünfundzwanzig bin, auf mein Extrakonto genau zehntausend Euro ein. Das sind hundertzwanzigtausend mal fünfzehn. Eins Komma acht Millionen genau. Dazu kommt noch das ganze Geld auf meinem Girokonto, die Anlagen und Zinsen, dann bin ich bei zirka drei Millionen. Und zwar netto. Krass. Und die Wohnung ist komplett abbezahlt. So gesehen plus achthunderttausend Euro für die Wohnung, gut über siebzigtausend für meinen SUV.

Wo war eigentlich Tante Minna? Die war gar nicht auf meinem Geburtstag. Und abgesagt hat sie auch nicht. Komisch. Seit Großmutter weg ist, macht irgendwie jeder, was er will. Großmutter hat alles zusammengehalten. Alles.

Ich habe fast drei Millionen Euro und niemanden, der es ausgeben kann. Wer bekommt mein Geld eigentlich? Der Staat? Meine Mutter? Bitte nicht. Oder mein Patenkind Lukas? Wie gerne hätte ich ihm einen Knigge-Kurs aufgebrummt. Oder gleich drei davon. Er ist wirklich ein Arschlochkind. Wenn ich mich nicht strafbar machen würde, aber den, ja, den hätte ich so gerne mal seine hirnversorgenden Gefäße abgedrückt. Nur ganz kurz, und auch nur, wenn niemand hingesehen hätte. Vielleicht wäre danach mehr Sauerstoff in seinen Gehirnzellen angekommen. Ein Versuch wäre es sicher wert gewesen. Ständig dieser Drang nach Aufmerksamkeit, die Lukas mit seinem Rumgeschreie einfordert, und dann das ignorante Verhalten von Tante Minna ihm gegenüber. Umso mehr sie ihn ignoriert hat, umso lauter ist er geworden, dann war er heiser, sie hat sich drüber lustig gemacht. Er ist immer mehr vereinsamt und hat sich zurückgezogen, sie hatte endlich ihre

Ruhe und dann wundert sie sich Jahre später, dass sie keinen Draht mehr zu ihm hat und er ihr nichts mehr erzählt. Und dann ihre herrlich zelebrierte Inkonsequenz zu allem, was existiert. Kein Wunder, dass Mama und sie sich ständig deswegen in den Haaren haben. Vielleicht ist sie ja deswegen nicht gekommen, weil sie von Mama genervt war. Toll. Und was kann ich bitte dafür? Wenn ich mit denen nicht verwandt wäre, ich würde mit niemandem reden, ganz sicher nicht. Warum sagt man eigentlich immer, Familie kann man sich nicht aussuchen? Stimmt doch überhaupt nicht. Wo bitte steht vertraglich geschrieben, du musst mit deiner Familie reden? Es gibt wirklich verschiedene Möglichkeiten, sich Leid zu zufügen, und Familie ist ein Ast des Leidens. Garantiert. Für was ist Familie schon gut? Damit man sich ständig einredet, alles anders zu machen und im Endeffekt alles schlimmer macht, weil man nichts anderes kennt. Aber man würde was anderes kennenlernen, wenn man mal eine Zeit von zuhause fort gehen würde. Ja, aber dann kommt man erfüllt wieder zurück und dann ziehen dich alle wieder in den bekannten Sumpf hinein, und wenn du es doch schaffen solltest, das Neue beizubehalten, stoßen sie dich aus, weil du ja jetzt so anders bist. Und anders sein macht ja Angst. So, und bevor man sich durch den Veränderten mitreißen lässt und sich dadurch verändert könnte, positiv natürlich, macht man Folgendes: Man schließt ihn aus dem Familiensystem aus. Im Sinne, du bist anders als wir, jetzt musst du gehen. Das hab ich schon so oft beobachtet, nur selbst den Mut nie aufgebracht, mal authentisch

zu sein und meine Klappe aufzumachen. Ich bin doch genau so ein stilles Schaf, das lieber so viel Gras in sich hineinfrisst, anstatt zu sagen, was so ungemein verletzt. Mama mit ihrem ständigen Augenrollen, wenn ich in irgendetwas erfolgreich bin oder war. Warum kann sie mir meinen Erfolg nicht gönnen? Es kann doch nicht sein, dass man seinem Kind kein Glück gönnt. Sie könnte sich doch einfach für mich freuen, anstatt mich ständig zu verunsichern, dass Erfolg nichts Förderliches sei, weil man ja dann so viele Neider hat. Die glaubt doch echt, dass Erfolg einsam macht. Dann umgibt man sich eben mit Menschen, die auch erfolgreich sind. Ja, Pech, dann würde aber niemand mehr mit ihr reden und dann wäre sie alleine, und weil sie es aus sich heraus nicht schafft, erfolgreich zu sein, gönnt sie es mir auch nicht und lässt mich lieber glauben, dass es besser sei, seinen Erfolg für sich zu behalten. Wunderbar. Deswegen hab ich so viel Geld. Weil ich meinen Erfolg einzig und alleine nur für mich behalten habe. Vielen Dank auch.
Geben.
Vergeben.
Geben. Hmm?
Man kann wahrscheinlich erst geben, wenn man vergeben hat, somit ist es auch nicht verwunderlich, dass ich so viel habe. Viel zu viel sogar.
Wehe die sparen bei meiner Beerdigung.

Nur wer sich entscheidet, kann lebendig sein.

Ja.

Nein.

Was?

Ich bin eingeschlafen. Mein Kopf.

Mein Kopf schmerzt ja gar nicht.

Wie spät ist es denn schon?

Da sitze ich in Rom im Hotel und es läuft RTL II im Fernsehen. Wie schrecklich ist das denn? So weit entfernt von dem schlechten Programm in Deutschland und dann musst du dir die Scheiße hier in der ewigen Stadt reinziehen. Wenn niemand diese Zwangsgebühr an die Zombies von der GEZ zahlen müsste, würde bestimmt niemand mehr in die Kiste schauen. Wie oft sagt Mama als Ausrede, sie müsse den Tatort anschauen, weil sie ja auch dafür zahle. Was für ein Mist ist das denn? Das ist doch genauso wie dieses All-you-can-eat-Zeugs oder das Flatrate-Saufen. Man muss sich doch nicht dumm trinken, beziehungsweise saublöd schauen, nur, weil man dafür zahlen muss. Da hat der Staat seine Bevölkerung schon schön verarscht. Bin ich froh, dass ich mich selbst aus dem demokratischen verlogenen System herauswähle.

Die Wahl hat jeder.

Eigentlich schade, dass ich nicht mehr miterleben werde, wie Deutschland sich zu Grunde richtet. Und alles nur, weil einer mehr haben möchte als der andere.

Jetzt ist es halb fünf. Bestelle ich mir wieder was aufs Zimmer oder geh ich in das kleine Restaurant an der Ecke? Die haben die Spaghetti so lecker in diesem ausgehöhlten Parmesanlaib flambiert. Ach, ich bin so lustlos gerade und bestelle mir was. Draußen in der Natur bin ich ab morgen sowieso die ganze Zeit, der Fuß ist auch noch bisschen geschwollen und auf Menschen hab ich gerade gar keinen Bock, und freundlich mag ich gerade auch nicht sein. Ich mag eigentlich nie freundlich sein. Ich muss mich zwingen zu lächeln, danke zu sagen, und dieses ständige Aufmerksam-Sein hab ich auch nicht drauf. Ich bin ein Morgen-, Mittag- und Abendmuffel. Ja, da bin ich am authentischsten. Ich bin ein Ganztagesmuffel durch und durch. Außerdem ist es sowieso jedem egal, wie ich drauf bin, weil sich sowieso jeder nur für sich selbst interessiert.

Wem bringt das auch schon was, wenn man sein ganzes Leben dafür verschwendet, es dem anderen recht zu machen?

Wo bleibt man da selbst?

Oder muss es immer einen geben, der dafür da ist, es dir recht zu machen?

Kinder zum Beispiel.

Wäre doch viel schlauer, wenn jeder es sich erst mal selbst recht macht. Ich kenne auch niemanden, der etwas gerne für jemanden anderen macht, ohne etwas als Gegenleistung zu erwarten. Das wäre doch mal was. Einfach was machen, weil man es gerne macht. Wie gerne hab ich Geschenke für andere besorgt und sie dann stundenlang eingepackt. Ich habe sogar Geschenke eingepackt, obwohl niemand Geburtstag hatte, nur damit ich von der Arbeit runtergekommen bin. Es war echt immer wieder schade, alles auszupacken.

Tja, alles ist vergänglich.

Alles.

Selbst die schönsten Verpackungen. Das habe ich geliebt, verpacken und verschenken, und trotzdem habe ich noch so viel Geld.

Wieso hab ich eigentlich immer so viel gespart?

Für was?

Und vor allem für wen?

Für mich, damit ich irgendwann mal in einem Gold-Sarg beerdigt werden kann, mit einer Robe von Dior? Echt nicht.

Warum habe ich das gemacht?

Aber ein Halbtagsjob wäre auch nichts für mich gewesen.

Was hätte ich dann die restliche Zeit des Tages mit mir anfangen sollen? Geschenke einpacken in einem Kaufhaus vielleicht? Das wäre mir zu stillos gewesen, aber Spaß hätte es mir bestimmt gemacht. Das hätte ich im Büro niemandem erzählen dürfen. „Schau sie an, jetzt hört sie schon um eins zu arbeiten auf, nur damit sie im Kaufhaus Geschenke einpacken kann, ehrenamtlich, umsonst, für nichts, die ist halt total bescheuert." Ja, das würden die von mir sagen. Dafür wäre ich die Einzige in diesem Saftladen gewesen, die etwas gemacht hätte, was ihr Freude bringt. Ich hätte es machen sollen. Ja, das hätte ich. Jetzt bringt es aber auch nichts mehr, mir Gedanken über die Dinge zu machen, die ich hätte anders machen können. Etwas zu tun, was einem Freude bringt, ist doch nur was wert, wenn man dabei etwas fühlt, und das tue ich nicht, somit bringt es mir wirklich nichts, eine voll befahrene Straße zu überqueren, wenn es mir sowieso scheißegal ist, ob ich angefahren werde oder nicht. Amen. Beef Tartare with light Mustard Sauce für nur sechsundzwanzig Euro. Liest sich lecker, das nehme ich als Vorspeise, dann nehme ich noch das hier, was immer das ist. From the Himalayan pink salt Grill. Mixed Grill of Fish, lecker, und Custaceans and Calamari, und zu guter Letzt das Tiramisu für ganze sechzehn Euro. Das alleine wird wahrscheinlich schon reichen, um satt zu werden. Was kostet da bitte sechzehn Euro? Wir werden es ja gleich sehen. Hoffentlich dauert es nicht so lange.

Zwanzig Minuten. Eigentlich hab ich doch keinen Hunger. Hört sich aber alles so köstlich an. Ich probiere einfach mal von allem was, und das, was übrig bleibt, nehme ich einfach morgen mit. Stimmt. Ich muss sowieso mal die alten Sachen von Freitag wegwerfen. Puh, das stinkt ja schon. Weg damit. Halt, aber erst mal in eine Tüte einwickeln. Geht das hier rein? Na dann doch in den Mülleimer im Bad. Der hat wenigsten einen Deckel. Tschüss, und ein Spritzer Parfüm hinterher. Das riecht ja noch mieser. Schnell weg hier und Türe zu. Igitt, der Geruch hängt jetzt auch noch voll in meinen Klamotten.

Was mag ich eigentlich alles an mir?
Gibt es da überhaupt was zu mögen?
Da fällt mir eher ein, was ich alles an mir hasse. Zum Beispiel, dass ich so misstrauisch bin. Das stört mich enorm an mir. O Gott, dieses ständige heimliche Nachspionieren in Tims Smartphone, wenn er es mal kurz unbeaufsichtigt hat rumliegen lassen. Und jedes Mal hab ich doch etwas gefunden, was mir meine Laune verdorben hat. Es war ja nie so, als wäre das, was ich gesehen habe, bedrohlich für unsere Beziehung gewesen. Was sollte so ein unerreichbares Pornomodel schon ausrichten können? Doch warum hat er so was nötig gehabt? Blöd nur, dass ich ihn nie deswegen zur Rede stellen konnte. Wäre ja echt dämlich gewesen zu sagen: „Als du auf dem Klo warst, hab ich einfach mal so in deinem Handy rumgeschaut und dabei sind mir ein paar Bilder aufgefallen, auf denen ich nicht drauf bin, wie zum Beispiel das eine mit der Frau, deren Brüste größer sind als ihr Kopf.
Wieso siehst du dir so was an? Bin ich dir nicht gut genug? Brauchst du das wirklich?" Es ist wirklich nicht empfehlenswert, heimlich in Smartphones rumzusuchen, wirklich nicht. Mann, war ich mies drauf danach, und der Arme wusste nicht, warum. Egal, noch mal würde ich das nicht machen. Es gibt genug andere Dinge, um sich runterzuziehen und Rumschnüffeln ist so ein Ding. Nur auf sich zu schauen, bringt also doch nur Vorteile für sein eigenes Wohlbefinden.
Sind schon zwanzig Minuten vorüber?

Drei Dinge, die ich an mir hasse, und drei Dinge, die ich an mir liebe. Esse ich im Bett oder am Tisch? Bett ist gemütlicher. Misstrauen ist eines. Außerdem nehme ich alles persönlich und bin deswegen ätzend nachtragend. Das nervt ja mich schon total. Und ständig befinde in mich in dieser Wiederholungsschleife und quäle mich mit der Vergangenheit. Das kotzt mich tierisch an, aber ich habe keinen Plan, wie man das alles abstellen kann, und der Psycho-Doc auch nicht. Doch, der hatte eine Idee. Oder hat der Schamane das gesagt? Egal. Warte. Was war das noch mal? Er sagte, ich solle ..., ich solle im Hier und Jetzt leben. Genau, das war es.

Im Hier und Jetzt leben.

Sehr guter Rat an eine gefühlslose Person, ehrlich. Das Hier und Jetzt erinnert mich ständig an meine Vergangenheit, und zwar an den Teil, an dem einmal alles in Ordnung war, und weil ich im Hier und Jetzt ständig an diese Zeit denken muss, verbaue ich mir meine Zukunft. Schließlich habe ich ja auch gerade wegen meiner Vergangenheit keine Zukunft. Moment mal. Aber wenn ich nur noch hier bin, also nicht mehr dort, dann könnte ich doch alles vom Jetzt mit ins Morgen nehmen? Sehr philosophisch und daher schlecht umsetzbar. Das würde ja heißen, wenn ich nur noch hier bin, also ohne Vergangenheit, dann wäre ich frei, frei von allem, was geschehen ist. Das ich ja sowieso nicht mehr ändern kann. Hmm. Ich kann mich noch so oft über das Vergangene aufregen, es bleibt, wie es ist. Wenn ich mich also über alles aufrege, was

vor zehn Jahren war, wann rege ich mich dann über die ganzen Sachen auf, die jetzt sind? Prinzipiell wird der Frust nur mehr und man sieht gar keinen Ausweg mehr.
Soll mir dann alles egal sein?
Völlig gleichgültig?
Gleich gültig.
Ja, alles soll gleich gültig sein. Die guten wie die schlechten Erlebnisse. Alles hat seinen gleichen Wert. Also reg ich mich über alles Nervige auf und glorifiziere die schönen Erlebnisse, oder besser: Ich halte einfach die Klappe und genieße, ist ja alles gleichgültig und von daher keiner Rede wert. Gleichgültig ist also nicht gleich scheißegal. So gesehen wäre es mir auch egal, ob ich bei der Erinnerung an etwas Negatives oder bei etwas Positiven etwas fühlen würde, Kummer, Freude, Lust, dieses Gänsehautgefühl, diese tiefe Berührung, ja, oder der tiefsitzende Schmerz des Verlassenwerdens. Es wäre mir egal, Hauptsache, ich würde nur etwas fühlen. Doch, das Einzige, das ich noch spüre, ist schwere Trauer, die sich wie ein Schleier um mich herum legt – ganz leicht oder doch ganz schwer? Ich kann es mir nicht beantworten, weil ich es nicht mehr fühlen kann. Die Trauer hat den Rest meiner Gefühlswelt verdrängt. Mein Bauch ist total hart. Aua. Vielleicht wird er durchs Essen weicher.
Mein Gott, sieht das alles köstlich aus. Was esse ich denn zuerst? Das Tiramisu. Heute esse ich mich mal von hinten nach vorne. Sieht ja sowieso niemand. Oder doch, denn Gottes Augen sehen

alles. Ha, was für ein Quatsch. Damit kann man aber auch nur pubertierende Jungs einschüchtern. Oh, klein Klausi, schön die Hände auf der Bettdecke lassen, ja, denn der liebe Gott sieht alles. So fängt es doch an mit der unterdrückten Gesellschaft. Einfach mal alles verbieten, was Spaß macht, und dann noch schön den lieben Gott mit ins Spiel der Manipulation einfügen, und fertig ist das angstbehaftete Leben, dass du immer was falsch machst, wenn du das tust, was dir gut tut. Welche drei Dinge liebe ich an mir? Außer Geschenke einpacken.

Was liebe ich an mir?

Dass ich pünktlich bin. Nein, das ist doof. Dass ich auch sehr gut alleine sein kann. Ja, ich bin eigentlich sehr gerne alleine. So wie jetzt. Ja, es macht mir gar nichts aus, auch mal nur mit mir zu sein. Jetzt, wo mein Smartphone kaputt ist, ist es sogar noch viel schöner. Nur ich. Ich hab das noch nie so genossen. Klar, weil ich ja ständig damit beschäftigt war, auf eine Antwort von Tim zu warten. Jetzt, nach dem Anruf, ist der ganze Kummer verflogen und das Alleinsein entpuppt sich als Wohltat. Der Fisch ist so lecker. Ich kann tun und lassen, was ich möchte. Ich kann sogar mit dem Nachtisch vor der Vorspeise beginnen. Niemand ist da, der mir sagt, wie ich was besser machen könnte, beziehungsweise, wie ich was machen könnte, was den anderen nicht verletzt. Ich kann mir sogar einfach ein für den normalen Menschen unbezahlbares Kleid kaufen und es zu einem Anlass tragen, den andere für unangebracht halten. Ich kann nicht fassen, dass ich tatsächlich so viel gespart habe die ganze Zeit. Für nichts und wieder nichts.

Kann man wirklich im Hier und Jetzt leben?

Ich weiß nicht. Man ist doch irgendwie immer woanders. Wenn mein Psycho-Doc am allerersten Tag, an dem ich wie gelähmt in seiner Praxis stand, zu mir gesagt hätte: „Gute Frau, Sie sind ganz normal, reduzieren Sie Ihre Arbeitszeit oder hören Sie am besten ganz auf zu arbeiten, wenn Sie es sich leisten können. Werfen Sie dieses störende Smartphone weg und machen Sie erst mal Urlaub. Sollten Sie nach drei Monaten immer noch nichts fühlen, dann machen wir gerne einen Termin aus." Ja, hätte er das gesagt, dann, dann hätte ich ihn wahrscheinlich für verrückt erklärt.

Was bringen einem Arzt auch schon gesunde Patienten?

Wenn ich wirklich gesund werden möchte, also wirklich gesund, dann gehe ich doch nicht zu einem Arzt. Vielleicht hatte ich ja wirklich nichts, was jahrelang therapiebedürftig gewesen wäre, aber einem Privatpatient kann man ja ruhig einreden, dass es notwendig ist, sich einmal pro Woche auf ein Gespräch zu treffen. Und das macht man dann einfach mal fast zehn Jahre lang, und am besten dreht man sich noch schön im Kreis, damit man ja nicht weiterkommt. Ich hätte auch genauso gut in einen Tanzkurs gehen können oder, noch besser, mich mit meiner Mutter über meine Probleme unterhalten können. Mit dem Kopf zu nicken, hätte die auch geschafft.

Was habe ich mit dem werten Herr Doktor eigentlich geredet? Ich habe seit fast drei Tagen keine Tablette genommen und verspüre das erste Mal seit Jahren keinen Schwindel mehr, kein Magendrücken, keine Kopfschmerzen. Verrückt. Nur die Gefühlslosigkeit ist geblieben, mit und ohne Medikamente. Unverändert. Aua. Mein Bauch sticht immer mehr. War der Fisch nicht gut? Aua. Habe ich jetzt Blähungen? Ich gehe mal lieber auf Toilette. Na wunderbar. Kommt ja wie gerufen. Wo hab ich meine Tampons hin? Vorne im Rucksack, oder? Die Thermoskanne kann ich auch ausleeren. Der Kaffee ist ja noch warm. Dann bleibt er drin. Die isoliert echt gut. Was mach ich jetzt mit dem Rest? Mitnehmen, aber wie? Schaut auch blöd aus, wenn ich in Aleppo meine Tiger-Garnelen esse, während mir die Kugeln um den Kopf fliegen. Ich kauf mir lieber noch ein paar Sandwiches am Flughafen morgen.

Morgen.

Morgen schon ist alles vorbei. Mein ungefühltes Leben.

Was ist eigentlich, wenn ich tot bin, und dann?

Geht es dann weiter?

Fühle ich dann noch weniger als nichts?

Nichts nichts?

Sehe ich dann wehmütig auf die Erde herab und wünsche mich dorthin zurück, weil ich dort, wo ich dann bin, nicht einmal mehr Schmerz fühlen kann?

Ist Schmerz überhaupt ein erstrebenswertes Gefühl, das gefühlt werden möchte? Freiwillig?
Wird Großmutter mich dort oben in Empfang nehmen, so wie sie es immer getan hat, als ich sie in den Sommerferien besucht habe?
An der Bushaltestelle mit dem Erdbeerfeld. Vielleicht verfühlt man sich ja mit den Jahren, wenn man nur rödelt wie am Fließband?
Vielleicht bedeutet nicht fühlen gleich tot?
O Gott, wenn ich tot bin und es ist genauso scheiße wie jetzt, dann …?
Und dann?
Kann ich dann wieder zurück?
Warum möchte man unbedingt sterben, wenn einem das Leben fehlt?
Warum?
Nach was strebt denn jeder?
Nach Geld? Unabhängigkeit? Noch mehr Geld? Das kann es nicht sein, denn davon habe ich genug. Es muss doch irgendwo eine Anleitung dafür geben, wie man das Leben fühlen kann. Wie man das Leben genießen kann. Nur wo?
Liegt wirklich alles in uns?
Und wenn ja, wie kommt man dorthin?
Soll das die besagte Mitte sein?
Einfach geradeaus, oder wie?
Ich hab das Leben wirklich nicht verdient. Ich habe keinen Plan.

Es ist vielleicht doch besser, ohne Musik loszuziehen, dann wird es schwieriger, die Realität auszublenden. Meine Realität. Vielleicht beantworten sich ja einige Fragen ganz von selbst. Nüchtern, sich das pralle Leben reinziehen. Entweder es ist wirklich nicht so schlimm oder es ist schlimmer. Eines zumindest weiß ich jetzt schon: Ja, man kann der sein, der man sein möchte. Das ist schon mal sicher, und wenn es auch nur ist, dass man tot sein möchte. Man könnte sogar, wenn man wollte, bestimmt was anderes sein. Wir sterben doch alle, heute oder morgen, und trotzdem gibt es noch Menschen, die sich wegdrehen, wenn der Tod an die Türe klopft, und sie tun dann so, als wären sie nicht gemeint.

Vielleicht gibt es ja irgendwann mal eine Zeit, in der man nicht mehr sterben muss.

Ja, eine Eiszeit, ein Urknall und was es alles mal gegeben haben soll, dann kann es doch auch mal eine sterbefreie Zeit geben. Oder besser nicht. Außer man könnte sich immer wieder neu erfinden. Könnte man jetzt auch, nur die Zeitspanne wäre etwas geringer. Tja, carpe diem, so viel dazu. Den nutze ich heute auch lieber und leg brav mein Beinchen in die Luft. Sich für den Tod schonen und für das Leben aufbrauchen. Ich kann nicht mehr liegen. Ich fühl mich so unwohl gerade. Ich bin doch bescheuert. Lieg hier rum und schone mein Bein, wenn ich doch sowieso morgen oder übermorgen mein Bein, äh, meinen Knöchel, nie wieder spüren werde. Ich packe meine Sachen. Ich halte es hier nicht mehr aus. Ich muss hier weg.

Jetzt.

Das Kleid zieh ich mir dann am Flughafen an. Und diesmal warte ich auf den Aufzug. Da kommt er ja schon. Und runter zum Auschecken. Aua, zieht das, wenigstens spüre ich Schmerz noch.

Was ist das für ein Brief?

Wer gibt denn bitte hier eine Nachricht für mich ab?

Es weiß weder einer wo ich bin noch kennt mich hier jemand.

Da ist Geld drin.

Wieso?

Fünfzig, zweihundert, dreihundert Euro. Dreihundert Euro?

Wer hinterlegt mir …? Da steht was. „Sorry Bella."

Hä?

Was?

Nein, bitte sag, dass das nicht wahr ist!

Der Call-Boy bringt seinen Lohn zurück?

War ich so schrecklich oder er ist tatsächlich kein Call-Boy?

Oder er hatte einfach nur ein schlechtes Gewissen seiner Frau gegenüber und meint jetzt, er könnte sein schlechtes Gewissen damit rein kaufen. Diese Katholiken. Oder es ist Schweigegeld, weil ich nichts zu seiner Frau gesagt habe. Egal. Nur weg von hier, und zwar schnell. Womöglich steht er hier noch rum und beobachtet mich.

Da vorne.

Taxis.

Ich bin müde, so schrecklich müde. Wenn doch nur bald alles vorbei ist.

***

Was? Wie bitte?

Ach, ich bin da.

Wie viel? Hier, stimmt so. Mir ist so schummrig. Ich hol mir erst mal einen Cappuccino und dann, wo muss ich noch mal hin? Nach Adiyaman erst mal, und von dort aus dann nach Sanliurfa. Genau, so war das. Müssen die neben mir rumknutschen? Da gibt es sogar Tramezzinis. Davon nehme ich mir einen Rucksack voll mit. Die sind sogar aus Deutschland. Na wunderbar.

Ihn hab ich doch schon mal irgendwo gesehen? Der kommt mir so bekannt vor. Der sieht irgendwem ähnlich. Der sieht aus wie ...? O nein, der sieht nicht nur aus wie, sondern der ist es auch, nur das ist eindeutig nicht seine Frau. Schau weg. Das glaub ich jetzt nicht. Wie krass ist das denn? So viel zu deinen moralischen Ansichten, Herr Achsotoll. Mit dem Wissen könnte ich locker meine Abfindung um ein paar Tausende nach oben schrauben. Locker. Dieser Vollidiot. Uns erzählt er in der Abteilung, dass er in Brüssel ist und dann sitzt er ganz romantisch hier mit 'ner echt attraktiven Frau, die bestimmt zwanzig Jahre jünger als er ist, macht mich aber immer an, was sich gehört und was nicht. Ja, jetzt weiß ich auch,

warum du mir das immer gesagt hast. Weil du wolltest, dass ich genauso fehlerbehaftet bin, wie du es bereits bist. So ein Heuchler. Wenn der mich hier sieht, macht er genau dasselbe, was er mit Nina gemacht hat. Ja, er macht mich mundtot und erzählt irgendeinen Müll über mich. Dann hat es also doch gestimmt, was sie mir über ihn erzählt hat. Ich glaube es ja nicht. Von dem hätte ich das nie gedacht. Der mit seiner akkuraten Art. Ich verstecke mich besser so lange, bis sie weg sind.
Sie gehen. Perfekt. Fliegen die jetzt wieder zurück nach Deutschland oder machen die noch einen Abstecher nach Venedig? Der ist ja drauf. Wäre ein tolles Foto für die Kollegen geworden. Seine Frau würde ihn ausnehmen, wenn sie das wüsste. Die würde den fertig machen, und wie. Garantiert. Ich kenne seine Frau. Mit der möchte ich schon nicht ohne Probleme verheiratet sein. Die ist echt fies. Zu Recht. Die hat er verdient. Sieht echt schlecht für ihn aus, wenn das raus kommt, schließlich durfte ich seinen Ehevertrag aufsetzen. Sieht sehr schlecht aus für dich.
Wieso lässt man auch in einem Ehevertrag schriftlich festhalten, was mit seinem Vermögen passiert, falls der eine den anderen betrügen sollte?
Sehr dämlich, vor allem, wenn derjenige fremdgeht, der unbedingt auf diese Klausel gepocht hat. Dachte er wirklich, sie betrügt ihn? Vielleicht haben sie sich arrangiert? Nee. Niemals. Die nicht. Entweder du betrügst oder du wirst betrogen, und bevor man

betrogen wird, betrügt man lieber, denn wenn man betrogen wird, kann man sich dann schön einreden, dass man es verdient hat, weil man es ja auch getan hat. Also gibt es hier auf Erden entweder Betrüger oder Betrogene, und solche wie mich – Selbstbetrogene. Weil ich mir Jahrzehnte lang eingeredet habe, dass es irgendwann besser wird. Dass ich den noch mal sehen musste, ist auch bad karma. Der war schließlich für mich so was wie der Vorzeige-Ehemann, und sogar der isst nicht nur zu Hause. Wie enttäuschend das Leben doch ist. Vielleicht ist das ganze Leben ja eine Illusion und alles, von dem du fest überzeugt bist, wird früher oder später zerfallen in seine Fragmente der Wahrheit. Und das Einzige, was übrig bleibt, ist die bittere Erkenntnis, dass deine Überzeugungen nur Schall und Rauch sind. Unwichtig und nicht der Rede wert. Wenn das Leben doch das höchste Gut ist und das Wichtigste, was wir angeblich haben, warum müssen wir dann den ganzen Tag an einem Ort verbringen, der Arbeit genannt wird, und uns unsere kostbare Zeit und die besten Jahre unseres Lebens nimmt? Leben heißt doch nicht gleich arbeite bis zum Umfallen und dann heule den ganzen Tag rum, weil die Rente nicht reicht. Wobei meine Rente wiederum ein ganzes Dorf unterstützen könnte und die von Mama nicht einmal dafür reichen würde, um eine angemessene Beerdigung zu organisieren. Die meisten Menschen haben drei Jobs zu erledigen, nur um sich über Wasser zu halten.

Sind die dann auch in dem Modus gefestigt zu sagen, das Leben ist schön und wertvoll? Die haben ja nicht mal Zeit, sich so Fragen zu stellen, die haben ja nicht mal Zeit, sich umzubringen, weil sie die ganze Zeit damit beschäftigt sind, zu schauen, ob das Geld für den nächsten Tag reicht. Sehr wertvoll, das Leben. Andersrum ist es aber auch nicht sehr lebenswert, wenn man alles hat und nicht weiß, wohin mit dem ganzen Vermögen, wenn man, um dem Alleinsein aus dem Weg zu gehen, nur blöd bis spät in der Arbeit rumsitzt und nichts Besseres zu tun hat. So gesehen geht es nur ums Geld. Hast du zu wenig, ist es nichts, und hast du zu viel, auch nicht. Das Geld-verdienen-Müssen ist bestimmt nur eine Erfindung von den Mächtigen, um uns abhängig zu machen von der Sucht des Geltungsdranges. Für was würde man sich sonst den Arsch aufreißen? Doch nur, um sagen zu können: „Schau, was ich alles in meinem Leben geschafft habe." Wenn also das Leben an sich schon das Höchste wäre, könnte man doch auch sagen: „Ich lebe, schau, ich hab´s geschafft." Für was braucht man auch schon den ganzen Mist? Ich hab mich damit nicht besser gefühlt. Eher schlechter, weil ich immer dachte, mich besser zu fühlen, wenn ich was kaufe, und dann ist es nur rumgestanden, eingestaubt und hat meinen Raum von Leere noch mehr gefüllt. Deswegen hab ich auch nichts mehr gekauft, weil es mir danach richtig schlecht ging. Antidot von Kaufrausch – Baden. Das war erholsam. Den ganzen Dreck von Einsamkeit abwaschen. Bis zur

Abendpille hat das immer gut geholfen. Für was hab ich diesen Mist überhaupt eingenommen? Ehrlich.

Ich brauch noch einen Espresso und die Tramezzinis, dann mach ich mich auf den Weg zum Ticketschalter. Was soll ich hier auch noch blöd rumsitzen und meine Zeit verschwenden? Was ich gesehen habe, reicht mir schon für heute. Schlimmer kann es nicht mehr werden. Fünfzig Euro für zwanzig Tramezzinis plus zwei Euro und achtzig Cent für einen Espresso? Wer macht hier denn bitte die Preise? Die wissen aber auch, dass hier jeder nur einmal vorbei kommt. Ja, am Flughafen kann man sich so was wohl leisten. Sagt die Frau, die sich gleich ein Erste-Klasse-Ticket in die Türkei bucht. Dieser Espresso ist so gut.

Wieso bin ich nur so schrecklich müde?

Bitte nicht.

Jetzt steht Steffen mit seinem minderjährigen Model auch noch an dem Schalter. Hier muss es doch noch einen anderen geben? Ach, weißt du was, ich hab nichts zu verlieren, im Gegensatz zu ihm. Ich hab mir so viel die ganzen Jahre gefallen lassen, da kann ich mich beruhigt mit einem breiten Grinsen an den Schalter neben ihn stellen und laut ein Erste-Klasse-Ticket ordern. Sagen wird er sowieso nichts zu mir, wenn er mich sieht. Der wird mich im Büro abpassen und mich mit irgendwas erpressen, was ich nie getan habe, nur um sich mein Schweigen zu erkaufen. Er würde natürlich, wenn er noch könnte, aber diesmal kann er mich mal. Oh ja, und mein Kleid zieh ich mir dafür auch an. Wahrscheinlich

baggert er mich erst mal an, weil er mich nicht erkennt. Die sind doch alle gleich, und die Männer, die die dazugehörigen Ehefrauen mitbetrügen, auch. Irgendwann heulen selbst die Betrügerinnen, weil er sie mit einer anderen betrogen hat. Tja, dann wird schnell mal aus einer Zweitfrau eine Drittfrau.
Soll ich jetzt die alten Sachen noch mitnehmen?
Ja, ich nehme sie mal mit, man weiß ja nie. Die Enttäuschungen werden bestimmt nicht weniger. Bisschen Wasser auf die Haare, glatt streichen und fertig für den großen Auftritt. Los geht's! Verdammt, fühlt sich das Kleid gut an, und wie es aussieht. Sehr gut sogar, nach den Blicken der Typen zu urteilen. Einfach ganz lässig weitergehen. Sehr schön, er ist noch da. Tu einfach so, als wärst du jemand anderes. Und herzlichen Glückwunsch, ich bin in seinem Blickfeld angekommen. Und jetzt schön ignorieren, damit er neugierig auf mich wird, und schon gehört er dir. Ich könnte ihm ja ins Ohr flüstern, ob er Lust auf 'ne Nummer in der Herrentoilette hat. Mal sehen, was er darauf zu sagen hat? Wenn er ja sagt, küss ich ihn vor seiner Tussi und bedanke mich für die letzte Nacht, stecke ihm zwanzig Euro zu und sage, er hätte zu viel bezahlt und er solle doch von dem Geld mit seiner Tochter ein Eis essen gehen. Oder ich stecke ihm meine Visitenkarte zu und trete ihm dann in seinen verlogenen Arsch.

Was macht er denn jetzt?

Er kommt zu mir rüber, ohne sie. Schau einfach nach vorne und bleib locker.

Der lässt aber auch nichts anbrennen. Schön, wie er mir durch meine Haare ins Ohr flüstert. Das macht mich an, und wie. In zehn Minuten auf der Herrentoilette auf eine spontane Aktion? Aha, so einer ist das also. Oh Gott, was macht er denn jetzt? Hör nicht auf zu flüstern. Denkt der wirklich, dass das so funktioniert? Einfach mal schnell einer vermeintlich Fremden ein unmoralisches Angebot ins Ohr flüstern, sein Mitbringsel stehen lassen, sich auf der gegenüberliegenden Männertoilette verschanzen und darauf warten, dass ich, die schöne geheimnisvolle Frau mit dem schönsten Kleid weit und breit, auf dieses Angebot eingehe? Hä, wie ist der denn drauf? Wenn er nur nicht so verdammt gut aussehen würde.

Neunhundertvierzig Euro. Das Doppelte fast. Vielleicht ist das mal ein richtiger Erste-Klasse-Flug. So einer mit Silberbesteck und Einzelsitzen? Puh, Check-in ist schon in einer halben Stunde. Ich weiß nicht, was mit mir gerade los ist, aber ich hab so Lust auf diesen Betrüger. In einer halben Stunde bin ich weg, und damit er mich nicht erkennen kann, stelle ich mich ganz nah an ihn ran, oder besser, ich dreh mich einfach nicht um. Wie aufregend, beziehungsweise erregend. Sieht sie her? Nein, sie ist beschäftigt. Na dann.

Und da steht er schon. Und er auch.

Wer klopft denn jetzt? Was soll das? Der sieht aber auch lecker aus, und er will was? Wo bin ich hier? Wenn ich gewusst hätte, dass man in der Toilette am Flughafen mit zwei Männern gleichzeitig Sex haben kann, wäre ich schon eher mal hier her gekommen. Wie krass ist das denn? Mich verwöhnen gerade zwei geile Typen auf 'nem Klo. Langsam. Einer nach dem anderen. O ja, tut das gut. O Gott, ich komm gleich. Mach weiter, ja, jetzt du. Jetzt verstehe ich auch, warum ihm seine Frau nicht genug ist. Jetzt du wieder. Ich habe keine Zeit mehr, trotzdem kommt hier jeder noch zum Höhepunkt, und ich zweimal. Ja, genau so mag ich das. Drück sie fest. Fester. Ja. Ja. Jaaaaaaaaaa. Von wegen es kommt nicht auf die Größe an. Er ist zu groß. Andere Stellung, sonst wird das nichts. O ja, so wird das was. Huch. Der weiß mit seinem Gerät umzugehen. Greif zu. Ja. Was sagt er? Habe ich gerade meinen Namen gehört? Nein, mach weiter. O Gott, ja. Tu einfach so, als hättest du nichts gehört. Hör doch endlich auf, Fragen zu stellen. Lass ihn fertig machen. Er ist sogar hier unkollegial. Verdammt noch mal. Was soll's? Ja, mach schon. Ja, ja, jaaaaaaaaaaaaaaaa. Und schnell weg hier. Renn. Renn. Schneller. Abgehängt. Er ist weg. Beide. Puh, das war unbeschreiblich geil. So was hätte ich, wenn ich leben wollte, nicht gemacht. War das befriedigend. So befriedigt war ich noch nie danach. Jackpot. Zwei Orgasmen von zwei verschiedenen Männern in zehn Minuten. Noch mal!

Ich bin immer noch ganz erregt. Dieses Kleid hat der Teufel geschneidert. Wenigstens der meint es gut mit mir.

***

Mein Name?
Schon wieder.
Letzter Aufruf?
Verdammt, ich bin eingeschlafen. Was für ein ekeliger Traum.
Obwohl?
Ich habe einen Zeitriss. Das Ticket habe ich und das Kleid habe ich auch an, nur der Sex, ein Traum. Na ja, egal. Vielleicht hatte ich ja doch Sex, wenn auch nur in meinem Kopf, entspannt hat es mich trotzdem.
Wieso rufen die meinen Namen schon wieder aus?
Dieses beschissene Erste-Klasse-Ticket. Was müssen die denn meinen Namen durch den ganzen Flughafen schreien? Jetzt weiß er es sicher. Jetzt weiß er, dass ich es war.
Enttäuschungen haben echt was Ernüchterndes, selbst in der Sache. Wer will auch schon immer perfekt oder prüde sein? Ein bisschen von allem reicht doch locker. Warum auch immer nur das eine sein müssen, wenn man doch gerne auch mal das andere wäre.
Freiheit.

Seit ich diese Drecksdinger nicht mehr einnehme, schlafe ich, und zwar überall. Was für ein Alptraum. Ich, mit dem? Niemals. Sowieso nicht. Ich bin bedient genug mit dem Call-Boy. Der Stress reicht mir erst mal.

Dass er vorhin neben mir hockte, war das real?

Ich glaube schon, oder kann man Gerüche auch träumen?

Das kann jetzt nicht wirklich passiert sein?

Meine Maschine – weg – ohne mich.

Wieso rufen die mich aus, wenn sie dann doch ohne mich fliegen?

Soll ich mich jetzt noch aufregen oder lasse ich es gleich gut sein?

Nochmal zurück zum Schalter und für morgen umbuchen, dann zurück ins Russie. Noch eine Nacht Rom. Was soll's? Die werden sich auch fragen, wie bescheuert ich bin. Ach, ich erzähle einfach, dass mein Flug ausgefallen ist. Das wird schon gehen, und wenn nicht, dann leg ich mich einfach wieder in diesen bequemen Sessel hier. Und dann bleibe ich besser wach. Und die Tramezzinis besorge ich mir morgen frisch. Genau. Der Traum war echt intensiv, irgendwie beängstigend und erfreulich zugleich. Wer hat auch schon mit zwei Männern Sex auf der Toilette? In einem Porno vielleicht oder in meinem Kopf.

Was ist mein nächster Gedanke?

Was ist mein nächster Gedanke?

Nichts! Wie schön.

Na wunderbar. Jetzt hab ich zwar ein Zimmer im selben Hotel, muss aber dafür das Doppelte zahlen. Mit mir kann man's ja

machen. Nach dem kurzen Powernap bin ich hellwach. Was mach ich jetzt bloß? Fernsehen schauen? Eigentlich würde ich jetzt gerne meine Fingernägel machen. Die haben doch bestimmt so ein Beauty-Set rumliegen. Tada, und da ist eines. Jetzt kann ich beides machen. Fernsehen und Fingernägel. Hoffentlich muss ich nicht lange leiden. Korrektur. Hoffentlich muss ich nicht noch länger leiden. Wie kann man nur so ein riesiges Zimmer buchen, wenn man doch sowieso nur auf einem Fleck stehen kann? Platzverschwendung deluxe. Und diese wuchtigen Fenster. Wie haben die die nur hier hoch bekommen? Geschweige denn dieses pompöse Bett. Arm sein ist auch sinnlos, aber reich sein und wertvollen Platz verbauen, sodass andere verdrängt werden, ist auch sinnlos. Ich weiß nicht. Ist das fair?
Muss man überhaupt in der Zeit, in der wir jetzt leben, noch arm sein?
Oder ist arm zu sein überhaupt noch notwendig?
Arm zu sein, ist viel schwieriger als reich zu sein, weil man sich total dabei aufgibt.
Oder vielleicht gibt man sich ja nur hin?
Ja, Hingeben ist das Geben des kleinen Mannes. Macht keinen Dreck und verbaut auch nichts. Ist man reich, wird es schon schwieriger mit der Hingabe. Hingabe an die Völlerei. Hingabe an den Vollrausch. Hingabe an die Sucht. Also ist die Hingabe des reichen Mannes die Hingabe an die Verblendung. Bei so viel Schönheit, die einen umgibt, kann man sich schnell verlieren.

Wenn man alles so nimmt, wie es gerade ist, aufhört, ständig zu wollen, dann erst kann man von Hingabe sprechen. Alles, was ich mache, ist Widerstand, und der ist zwecklos.
Ist nicht alles, so wie es ist, genau das, wie man es wollte?
Wer außer mir sollte auch sonst an allem schuld sein?
Mama!
Vielleicht ist es ja ihr Gefühl der Einsamkeit, das ich mit mir herumtrage. Ein vererbtes Gefühl oder ein übertragenes, das schwer auf meinen Schultern liegt. Doch Mama möchte geliebt werden und ich, ich möchte lieben.
Vielleicht lebe ich ja auch nur im Luxus, weil das Leben mir zeigen möchte, dass doch alles in Ordnung ist, zumindest in meinem.
Warum bin ich dann eigentlich immer in den Urlaub gefahren?
Um mal was anderes zu sehen?
Zum Relaxen?
Eher nicht. Das Chaos in mir ist ja ständig überall mit hin geflogen. So richtig erholt war ich nie nach meinen Reisen. Vielleicht hätte ich nicht mehr nach Hause fahren sollen, sondern einfach mal schön weiterreisen, bis sich was ändert.
Bis sich was ändert?
Ja, bis ich mich verändert hätte.
So übel fand ich mich eigentlich nie, außer, ja, außer, wenn ich angefangen habe, mich mit irgendjemandem zu vergleichen. O ja, dann war Polen aber offen. Dann wollte ich so sein wie die oder die oder die. Wobei die anderen jetzt auch keine allzu große Kon-

kurrenz waren, aber sie waren anders, so locker, so frei von der Leber, so voller Lebensfreude. Ja, genau, das wollte ich auch sein, aber was ich auch versucht habe, ich kam nicht hin.

Warum bin ich so?

Ich war immer nur, anstatt dass ich geworden wäre. Ja, ich war immer die Alte, und wenn was Neues dazu gekommen ist, wenn sich wieder einmal etwas verändert hat, habe ich mich versteckt – in mir. Ich habe mich zurückgezogen, mich abgekapselt und mir eingeredet, ein Leben alleine wäre lebenswerter, weil man dann mehr Freiräume hat. So ein Quatsch aber auch.

Gönne ich mir deswegen mehr Freiräume?

Wann denn?

Und vor allem wo?

Ist es nicht erstrebenswert, den einzigen Freiraum, den man hat, mit dem Menschen zu teilen, den man liebt?

Mein Leben ist eine Einbahnstraße. Korrektur. Sie war eine Einbahnstraße, denn morgen schon werde ich auf einer anderen Straße gehen. Die Straße, auf die jeder einmal abbiegen muss. Auf einer Einbahnstraße wandern, ist doch genau richtig. Du gehst immer geradeaus, ohne zurück zu sehen. Einfach weitergehen. So gesehen war mein Leben dann eine Sackgasse. Keine Korrektur. Sie war es.

Es war eindeutig ein Traum, und Herr, vielen Dank dafür. Obwohl das schon eine Sünde wert gewesen wäre. Nur nicht mit Steffen. Bei allem, was mir noch was bedeutet, aber der geht gar nicht ...

Warum eigentlich nicht? Optisch wäre er genau mein Typ, nur fehlt ihm die Treue, Loyalität, Freundlichkeit, aber sein Körper ist so perfekt, wäre er nur nicht so ein Vollarsch, ich würde ihn nicht von der Bettkante stoßen, so wie die anderen hundert Mädels, die ihn bestimmt jeden Tag ran lassen. Wie verstört muss man eigentlich sein, mit einem verheirateten Mann mitzugehen, bei dem es offensichtlich ist, dass du nicht die Einzige bist? Was ist so prickelnd daran, eine Zweit-, beziehungsweise Füntfrau sein zu wollen? Da geht es doch nicht nur um das Eine? Wahrscheinlich redet sich jede ein, bei mir ist er ganz anders, oder wegen mir verändert er sich noch und bleibt bei mir, eines Tages. Niemals, Schätzchen. Niemals. Vielleicht vermittelt er aber jeder Einzelnen, dass gerade sie die Einzige ist – zumindest für diesen einen Moment, und das reicht ihr schon. Nur dieser eine Moment, dieser tiefe Blick, der dich durchdringt und jede Zelle deines Körper zum Vibrieren bringt, diese innigen Küsse, während er dich zärtlich am Hals streichelt, die festen Umarmungen durch seine starken Arme, und der warme Schweiß auf deiner Haut, wenn er dich zum Höhepunkt bringt. Ja, nur dieser eine Moment ist völlig ausreichend, um sich auf so ein Abenteuer mit so einem Mann einzulassen. Ich würde es trotzdem nicht machen. Ich teile nicht. Ich möchte dieser eine Moment sein, den man immer wieder erleben möchte. Nur ich alleine möchte dieser eine Moment sein. Rückblickend betrachtet habe ich ganz schön viel von dem gemacht, was ich nicht machen wollte, und das gekonnt. Alle

Achtung! Dann bin ich doch nicht anders, als all die anderen – wo wir wieder bei meinem Problem wären.

Ich würde jetzt gerne Pink Martini hören. Im Fernsehen kommt echt nur Mist. Aus. Bei dem Zimmerpreis, den ich hier zahle, wird sich doch ein CD-Player mit Pink Martini organisieren lassen? Fragen kostet hoffentlich nichts extra. Nummer Room Service, Nummer eins. Gewählt. Es klingelt. Jackpot. Ich bekomme Pink Martini auf die Ohren. Reich sein, ist einfach günstiger.

Ist das jetzt ein Paradoxon oder ein Oxymoron?

Oder einfach nur Glück?

Sich das Leben nehmen?

Warum es sich schwer machen, wenn es auch einfach geht?

Da haben wir es wieder.

Wie genial ist das denn, die besorgen mir sogar einen MP3-Player. Mit Songs. Rollt hier einfach rein mit einer fetten Bang und Olufsen Anlage, und ohne mit der Wimper zu zucken, bringt er das Ding zum Laufen, und ich bekomme morgen einen MP3-Player. Musik ist doch nicht wirklich eine Ablenkung, oder? Nein. Ganz sicher nicht. Wenn ich so recht überlege, hat mich Musik sogar ziemlich oft aus meinen schlimmsten Stimmungstiefs gezogen. Musik hat mich überleben lassen und wird es jetzt auch noch tun – bis zum Schluss. Una notte per Napoli. Una notte per Rom. Por el luna y el mare. Lauter. In cello mi porto. Noch mal.

Sich das Leben nehmen?

Das ist auch paradox. Wenn, dann müsste es richtig heißen, sich das Leben wegnehmen. Man ist doch niemals nie tot, wenn man sich das Leben nimmt. Dann lebt man doch erst. Wobei, sich das Leben nehmen auch eine gewisse Art von Selbstmord ist. Streng genommen. Das könnte aber nur der machen, dem auffällt, dass er hier auf Erden nur dahintaumelt, dann über einen Stein fällt, am Boden liegt und dabei einen Schatz unter der Stelle entdeckt, auf dem zuerst der Stein lag. Dann macht er ihn auf und darin verbirgt sich ein Zettel, auf dem steht, wie das Leben funktioniert. Eine Anleitung fürs Leben. Er steht auf, klopft sich auf die Schulter und bedankt sich ins Nichts hinein für diese Botschaft, und macht dann Folgendes: Er nimmt sich das Leben – in vollen Zügen, denn er weiß ja jetzt, wie es geht. Demütig legt er nun den Zettel unter den nächst größten Stein ab, für den Nächsten, der fällt, um dort am Boden liegend die Chance zu bekommen, auf dieselbe Erkenntnis zu stoßen, auf die Anleitung fürs Leben. Also ist sich das Leben nehmen nicht gleich Selbstmord, sondern Selbsterkenntnis.

Ich hätte Philosophie studieren sollen oder ich hätte mehr philosophieren sollen. Vielleicht hätte ich mir so meine ganzen Fragen, die ich habe, selbst beantworten können?

Wer, außer mir, sollte sie mir auch sonst beantworten können?

Der Psycho-Doc?

Niemals. Ich glaube ja, der braucht die ganzen Patienten nur, um sich selbst seine Fragen beantworten zu können, weil er für sich jede Lösung verloren hat ... So wie ich.

Nur wenn sich das Leben nehmen die Kehrseite der Medaille ist und ausdrückt, sich zu töten, dann wäre das Eine identisch mit dem Anderen?

Ja!

Es wäre dasselbe nur in die andere Richtung.

Daher kommt vielleicht auch der Ausdruck: Gratwanderung.

Dann wäre also die Gratwanderung um hundertachtzig Prozent genau die andere Richtung. Deswegen die Mitte finden.

Die Mitte.

Die Balance zwischen dem einen und dem anderen Extrem. Doch um an die andere Seite zu kommen, müsste man dann nicht wissen, was das andere ist? Eine Erinnerung an das Leben also. Ein Gefühl. Die Erinnerung an dieses Gefühl, wie Leben sich anfühlt. Ich erinnere mich aber nur an mein Unglück, was unrund gelaufen ist und mich unglücklich gemacht hat, aber davor muss es doch was anderes gegeben haben? Das Glück und das alles leicht von der Hand geht, und diese Lust, einfach am Leben zu sein.

Kann man lustlos geboren werden?

Ist man als Säugling schon so mit Vorurteilen behaftet, dass man nie dieses Gefühl für Leben entwickeln kann?

Wenn aber alles eine Gratwanderung ist, dann befinde ich mich nur auf der Seite von Todes- anstatt Lebenslust und muss mich nur auf die andere Seite hin bewegen. Ja, aber wie bloß? Abgesehen davon stellt sich diese Frage sowieso nicht mehr, weil ich schon mit den Füßen am Ende des einen Weges in der Luft baumle. Meine Motivation, umzudrehen, ist gleich Null. Ich sitze bereit zum Sprung, und wenn ich gesprungen bin, pegelt sich alles wieder ein und ich bin im Lot. Nur auf der anderen Seite. Ende gut, alles gut. Wenn ich einmal glücklich gewesen sein sollte, kann das nicht echt gewesen sein. Manchmal meine ich, glücklich zu sein, nur ohne dieses Gefühl von Glück. Ich muss aber einmal glücklich gewesen sein, sonst wüsste ich doch nicht, dass mir Glücklichsein fehlt.

Ich war also einmal glücklich.

Irgendwann mal. Wann war das? Wann? Ich kann mich einfach nicht mehr erinnern. Man unterdrückt doch kein Gefühl von Glücklichsein. Das macht doch gar keinen Sinn.

Sieben Jahre, jede Woche einmal.

Genau um das herauszufinden, bin ich doch erst zu diesem Psychologen gegangen. Sieben Jahre und keine Antwort.

Ist man nach so einer langen Zeit nicht mit seinem Psychologen befreundet, trifft sich auf 'nen Kaffee oder lädt sich gegenseitig zum Geburtstag ein? Schließlich weiß der doch am besten über mich Bescheid. Ja, aber nur er. Ich weiß nichts von ihm. Warum eigentlich nicht? Vielleicht kennt er sich ja auch nicht. Na klasse, zwei Opfer treffen sich einmal pro Woche, der eine redet und der andere gibt vor zuzuhören. Und im Endeffekt hört niemand zu und niemand sagt was. Wie verrückt ist das denn?

Ver-rückt? Ja, ver-rückt! Völlig aus dem Lot.

Was für eine Zeitverschwendung. Mir konnte weder der Psycho-Doc helfen noch diese Pillen. Für was hab ich dann diesen Scheiß überhaupt gemacht? Um mir einzureden, alles ist in Ordnung? Prinzipiell war doch alles nur eine Herauszögerungstaktik. Warum geht man denn schon zu einem Psychologen? Weil man denkt, dass das, was man denkt, nicht in Ordnung ist. Weil man sich ständig mit jemand anderen vergleicht und sich deswegen für nicht gut genug einstuft. Weil man meint, immer etwas haben zu müssen, dass man gerade nicht hat. Weil man sich alleine fühlt, obwohl es auch alleine sehr schön sein kann.
All-ein.
Dann sitzt du jahrelang einem Menschen gegenüber, der dir das Leben zu erklären versucht, der selbst keine Ahnung davon hat, weil er ja nur hier rumsitzt und sich die Probleme anderer anhört, die ihm jeden Tag aufs Neue bestätigen, dass das Leben ein mieser Verräter ist und dich tagtäglich daran erinnert, dass der Tod, der dir jeden Tag die Hand reicht, genau der richtige Tanzpartner ist. Auch er würde ihm gerne die Hand reichen, aber irgendetwas hält ihn davon ab, und das ist seine Gutmütigkeit – seine Art der Erinnerung, was ihm das Gefühl gibt, nützlich zu sein. Einen Nutzen in dieser Welt zu haben, jemandem zuhören zu können, jede Woche, damit dieser am Leben bleibt und vielleicht sich noch vor ihm erinnert, was es bedeutet, einfach zu leben.
Ja ..., die Hoffnung stirbt zuletzt.
Danke für den Versuch, mich zu retten.

Ich habe es versucht …, wirklich, habe ich, nur die Versuchung zu sterben überwiegt mehr in meinem Leben.

Ich bin so müde, und nur dass ich müde sein kann, macht mich gerade glücklich, ja, oder stolz, denn ich brauche keine Pillen mehr, um schlafen zu können.

Danke!

Vielen Dank!

***

Ich weiß!

Du weißt nichts. Denn würdest du wissen, dann würdest du handeln. Und so lange du handlungsunfähig bist, glaubst du nur.

Hallo? Ist da wer?

Gott sei Dank, nur ein Traum. Ganz ruhig.

Wie war das noch mal? Wenn du mit Gott sprichst, ist das normal, wenn aber Gott mit dir spricht, bist du verrückt. Da darf also auch nur einer reden und der andere hört zu. Hmm, normal sein, bringt also auch keinen weiter.

Aua. Was sticht da so?

Die Feile. Na wunderbar. Gestern war es noch ein Call-Boy und heute sticht mich eine Feile wach. Was wird es morgen sein? Eine Kugel? Ein Messer?

Ich hab die Musik doch gestern ausgeschaltet, oder? Keine Ahnung.

Was ist das? Das kenne ich doch irgendwoher?

Ja! Ich erinnere mich. Die Yoga-Lehrerin hat das immer laufen lassen. Das ist Beethoven. Beethovens Symphonie Numero sieben. Sehr gut.

Jetzt ist es acht Uhr. Wann geht noch mal mein Flug?

Okay, um halb elf. Gott sei Dank bin ich wach geworden – dank Beethoven und der aufdringlichen Feile hier. Gut, dann hab ich jetzt noch genug Zeit, zu duschen, mein Kleid wieder anzuziehen, zu frühstücken und rechtzeitig im Flieger zu sitzen. Na dann, mal los!

Allein sein, ist auch so ein Paradoxon. Du sagst, du fühlst dich alleine und meinst eigentlich, dass du dich einsam fühlst. Wenn ich sage, ich fühle mich alleine, dann bin ich alles, aber doch nicht alleine. Dann bin ich all-ein. Also mit allem verbunden. Die deutsche Sprache soll einer mal verstehen. Wer soll sie auch verstehen, wenn niemand sich selbst versteht.

Doppelhaushälfte.

Das Wort ist mir auch schleierhaft. Wie das bitte zustande gekommen ist, keine Ahnung. Da hast du was doppelt und es ist trotzdem halbiert. Also nichts Halbes und nichts Ganzes. Mit Logik hat das alles nichts mehr zu tun. Echt nicht.

Diese Seife riecht so gut. Ich könnte mich stundenlang mit ihr einseifen. Was ist da drin, dass die so cremig ist? Besser, ich weiß es nicht. Bestimmt nichts Gesundes, aber dafür riecht sie phänomenal. Dieses Kleid. Es ist so wunderschön. Soll ich es wirklich anziehen? Aber, mein lieber Dior, wir haben ein Rendezvous, und Mann versetzt eine Dame nicht.

Geduscht, angezogen, der Fuß schmerzt auch nicht mehr und der Rucksack ist gepackt – seit Jahren nur noch eines – die Henkersmahlzeit.

Was würde ich als letzte Mahlzeit essen, wenn ich die Wahl hätte? Wieso hätte? Hab ich doch. Ich bin in einem Deluxe Hotel, die kochen mir bestimmt was zum Frühstück.

Ich hätte gerne ... Ja, ich hätte so gerne noch mal den dampfenden Apfelstrudel von Großmutter. Ich erinnere mich. Genau, der Apfelstrudel. Jetzt weiß ich wieder, wann ich das letzte Mal glücklich war. Ich saß bei Großmutter auf der Terrasse und hab mit Großvater Rommé gespielt, und erst dachte ich, Großvater lässt mich absichtlich immer gewinnen, ich war schon ein bisschen verärgert darüber, und dann legt Großvater seine vier Asse auf den Tisch und gewinnt. Ohne Vorwarnung, dass es gleich Essen gibt, kommt Großmutter mit einem Tablett aus dem Wohnzimmer heraus und stellt vor uns auf den Tisch diesen göttlichen Apfelstrudel ab. Ich war so glücklich darüber, dass mir vor lauter Freude die Tränen aus den Augen kullerten. Dieser Tag war so schön. Warum habe ich eigentlich nie diesen Strudel gemacht? Ich habe ihn nie wieder gegessen. Warum?

Ich hätte ihn fast vergessen – diesen Tag. Ja, nach diesem Tag habe ich mein Glück verloren. Nach diesem Tag war alles anders, denn dann, dann kam .... O nein, wie schrecklich. Genau, das war der Tag, an dem ...

Hilfe!

Ich bekomme keine Luft mehr.

Ich ersticke.

Hilfe!

Ich ersticke.

Ich ... bekomm keine ...

Ich ... bekomm ...

Ich ...

Wo bin ich?

Wieso liege ich wieder in meinem Zimmer?

Wer sind diese Leute hier?

Bin ich schon tot?

Was ist das? Ist das der MP3-Player?

Was ist passiert?

Mein Flieger?

Wie spät ist es? Neun Uhr zweiundvierzig.

Ich muss hier raus. Ich muss den Flieger erwischen. Ganz ruhig. Nimm den Rucksack, und renn. Renn einfach, so schnell du kannst.

Los! Lauf!

Verdammt. Sorry. Es tut mir leid.

Lauf weiter. Lauf.

Taxi. Ich brauch ein Taxi. Das.

Mein Herz. Mein Herz. Atme. Atme. Ruhig. Ganz ruhig. Du bist in Sicherheit. Der Flieger wartet auf dich. Du schaffst es noch rechtzeitig. Alles ist gut. Alles ist gut. Beruhige dich. Gleich hast du es geschafft. Gleich bist du da. Du schaffst das. Ja, ich schaffe das.

Mist. Mist. Mist. Ich hab den blöden Player liegen lassen. Verdammt noch mal. Keine Musik. Kein Pink Martini.

Stille. Einfach nur Stille.

Mein Kopf.

Ich hab einen totalen Blackout. Was ist nur passiert?

Ich wollte was frühstücken und dann …? Dann ist mir schwarz vor Augen geworden, und dann bin ich wohl bewusstlos geworden. Vielleicht eine Panikattacke? Aber warum? Unterzucker? Was wollte da hochkommen? Ich kann mich nicht mehr erinnern? Ich möchte mich auch gar nicht mehr erinnern. Vielleicht fühle ich nichts mehr, weil ich mich eben nicht mehr erinnern möchte? Ich bin extrem unterdrückt. Die Tramezzinis darf ich nicht vergessen. Was mach ich nur? Ich mache das Richtige. Ich bringe etwas zu Ende, was ich angefangen habe. Und jetzt schnell rein.

Ich habe es nicht kleiner. Ach, vergiss es. Behalte den Rest. Ich habe keine Zeit. Mein Flieger.

Ein Espresso geht noch, und jetzt schnell zum Gate.

Wo muss ich hin? Darüber. Schnell. Schneller.

Geschafft. Ich sitze. Verspätet. Mit Ausruf, aber ich sitze.

Es kann losgehen.

Jetzt kann es losgehen.

Endlich.

Was genau war da damals? War da was ekelhaftes im Essen?

War es das wirklich? Kann sein.

Ich weiß es wieder.

Großvater hatte einen Herzinfarkt erlitten und starb vor uns.

Großvater, du fehlst mir so sehr.

Ist stilles Wasser auch tief?

Eher tiefgründig. Ich hätte doch lieber Wein gehabt. Einen roten, ganz schwer und dunkel. Jetzt sitz ich hier. Ohne Musik. Ohne Alkohol.

Nur ich. Ich ganz alleine nur mit mir. Ich mit mir.

Das Einzige, was ich immer hatte, und das mir geblieben ist, war immer nur ich.

Ich alleine.

Das Wichtigste, was ich besitze – ich.

Ich bin das Wichtigste, was ich habe.

Meine Versicherungen. Meine Sicherheit – ich.

Einfach nur ich.

Sicherheit. Wieso braucht der Mensch nur so viel Sicherheit? Ist die Welt wirklich so unsicher geworden? Flugzeuge lassen sich trotz der Sicherheitskontrollen noch genauso einfach entführen wie ohne, und trotz Überwachung durch Kameras lassen sich genauso einfach Bomben unter die Leute mischen. Autos bauen noch schrecklichere Unfälle, und der Luftraum über New York lässt sich einfach mal so in zwanzig Minuten von zwei schweren, angeblich vollbesetzten Maschinen befliegen, die trotz sichersten Flugraum der Welt es tatsächlich schaffen, zwei Türme anzufliegen, die dann, wie von Geisterhand, in sich zusammenfallen.

Glaubt man jetzt eher das, was man sieht, oder das, was man erzählt bekommt?

Ich lebe in einer Welt, in der man sicher sein kann, dass man verunsichert wird, wenn man die Wahrheit sieht. Warum lässt man sich eigentlich so verunsichern, wenn man doch weiß, dass es anders war? Es sind schon viele Menschen von der Bildfläche verschwunden, die was wussten, was sie besser nicht hätten wissen sollen. Deswegen wahrscheinlich. Für die einen mag es eine Katastrophe für die Weltgeschichte gewesen sein, aber für mich, für mich war es der Tag, an dem ich aufgehört habe, an die Welt zu glauben, in der Wahrheit eine Tugend ist.

Was ist auch schon ein Menschenleben wert, wenn es um Geld geht?

Oder Öl?

Oder Macht?

Ich habe nur ein einziges Mal etwas dazu gesagt, und was ist passiert? Ich wurde als Verschwörungstheoretikerin verurteilt. Ich! Gerade ich! Es ist ja auch völlig realistisch, dass so ein Monstrum an Hochhaus zusammenfällt. Einfach so. Nur durch ein popeliges Flugzeug. Aber ich bin die Dumme, die jede Woche einmal beim

Psychologen gesessen hat. Irgendwann kommt die Erleuchtung und dann ist es zu spät. Und warum? Weil man nicht hinsehen wollte. Man wollte die Wahrheit nicht wissen, weil es sich ja so schön leben lässt in der vorgegaukelten Sicherheit. Ja, sicher. Was ist das auch schon für ein Leben mit der ganzen Sicherheit? Seit mein Fahrrad gestohlen worden ist, bin ich nicht mehr gefahren. So gesehen kann mir auch schon nichts mehr auf dem Rad passieren. Dann hab ich mir meinen sündhaft teuren Audi gekauft, der voll ist mit Airbags und sonstigem Schnickschnack, aber was bringt mir der ganze Mist, wenn ein anderer, der mir entgegenkommt, einschläft und mir ins Auto donnert mit hundert Sachen, oder ich ihm? Nichts! Genau, gar nichts. Mas qué nada.

Was ist nur los mit mir?

Vor fünf Tagen hätte ich noch alles für diese Sicherheiten gegeben, und jetzt?

Jetzt muss ich bitter feststellen, dass alles, an was ich geglaubt habe, unwichtig wird, wenn man nur noch sich selbst dabei hat.

Kein Auto. Keine Kfz-Versicherung. Keine Wohnung. Keine Hausrat-, Brandschutz- und was weiß ich noch Versicherung.

Kein Stress – Keine Rechtsschutzversicherung.

Kein Leben – Keine Lebensversicherung.

Und hätte ich mir öfters Sex gegönnt, dann wäre meine Krankenversicherung auch unnötig gewesen.

Was haben wir denn hier? Fisch mit Petersilienkartoffeln in Zitronensauce.

Schmeckt sogar sehr gut. Und das? Tomatensuppe mit Krabben. Lecker. Die Nachspeise kommt bestimmt später noch. Hoffentlich irgendetwas mit Eis. Ich hab gerade so Lust auf Eis. Ich muss unbedingt noch Geld am Flughafen abheben. Das darf ich echt nicht vergessen. Ich könnte mir doch eigentlich auch ein Auto mieten und selbst nach Aleppo fahren? Geht das überhaupt? Ist doch viel einfacher, als irgendwo im Nichts nach Schleppern Ausschau zu halten. Ich brauch ja auch nicht sagen, wohin ich damit fahre. Ja, genau. Und wenn das Auto gestohlen wird oder kaputt ist, zahlt ja sowieso die Versicherung alles. Oder die ziehen mir das von der Kreditkarte ab. Versicherungen machen also gleichgültig. Ich zahle ja auch dafür und so. Eher nicht, ich habe nicht vor, das Auto jemals wieder zurückzubringen. Ja, ich leihe mir ein Auto aus. Dann fahr ich durch, von Adiyaman bis nach Aleppo. Wenn es gut geht, sind das ungefähr sieben Stunden Fahrt. Dann brauche ich auch kein Geld mehr abheben.

Ist es eine Lüge, nur weil ich alles anders sehe? Vielleicht ist es auch nur ein Teil von der ganzen Wahrheit. Ja, ein klitzekleiner Teil vom Ganzen. Ich denke mal ...

Ich denke?

O Gott, was für einen Mist denke ich mir nur die ganze Zeit?

Mein ganzes Leben schon?

Würde mich jeder denken hören, würde dann noch jemand mit mir reden wollen?

Sag ich überhaupt, was ich denke?

Besser nicht.

Irgendwie komisch, dass ich denke. Denken fühlt sich auch irgendwie nach nichts an. Kann es sein, dass man die ganze Zeit denkt und nie merkt, was man denkt?

Ich denke!

***

Wieso reagiert sie nicht mehr?

Sie ist wirklich suspekt. Katja hat recht. Sitzt hier auf einem Fünftausend-Euro-Sessel mit einem Designerfummel und einem Rucksack von Tchibo. Wer um Himmelswillen ist das? Ein Promi? Eine Politikerin? Oder eine reiche Ehefrau, die ihrem verwöhnten Bengel den Rucksack mit seinen Schlafsachen hinterherfliegt? Keine Ahnung, aber die will ich nicht in der Nähe von George sehen.

Er gehört mir.

Mir alleine.

***

Was war das?

Ein Zeitsprung?

Eine Gedankenpause?

War das Leere?

Ja, ganz sicher, noch mehr Leere. Eine Pause in der Leere. Irgendwie wie ein Standbild? Gruselig.

Ich war gerade ganz woanders – weit weg oder vielleicht mal da? Wieso hat sie meine Kabine zugedrückt? Spinnt die jetzt? Wie geht das Ding wieder auf? Vielleicht der Knopf hier? Nein, das ist das Licht. Der hier vielleicht? Auch nicht. Stuhl. Okay, bleib ruhig.

So eine blöde Kuh. Na gut, dann blende mich doch einfach aus, wenn du meinst. Die ist echt mutig. Was soll's? Ich werde schon nicht sterben hier drin. So viel Glück hab ich nicht, aber zur Rede stellen werde ich sie trotzdem. Dann lese ich einfach Zeitung, esse zur Nachspeise ein Tramezzini, oder zwei, und dann ist auch schon wieder die Landung angesagt, und spätestens da sehen wir uns wieder, Madame.

Jan Böhmermann unter polizeilichem Schutz.

Wer ist Jan Böhmermann?

Ach ja, der Böhmermann. Unglaublich, was der Erdogan da bringt. Ein türkischer Staats-Möchtegern-Chef mischt die deutschen Gesetze auf. Wenn es in der Türkei auf Witze über diesen Idioten die Todesstrafe geben würde, würde die Kanzlerin ihn dann auch in den Tod schubsen? Die ganze Welt regt sich wegen dem Charlie-Hebdo-Scheiß auf, weil das ja nur Satire war und es nicht sein kann, dass Terroristen die armen Angestellten kaltblütig ermorden, wegen Karikaturen, und jetzt ist es aber völlig in Ordnung, auf die Forderungen von einem beleidigten Ego einzugehen. Dabei übersieht man, dass damit was viel Größeres stirbt – und zwar unsere Grundrechte. Das Grundrecht auf freie Meinungsäußerung. Ausgehebelt. Total. Aber uns geht es ja gut. Klar, geht ja auch, dank Harz IV, niemand mit vollem Bauch auf die Straße und reißt der Kanzlerin mal mächtig den Arsch auf. Den hat sie sowieso schon offen. Mit so einer Aktion, ganz sicher. Dass er einen kleinen Schwanz hat, steht das wirklich noch außer Frage? Wenn jeder nur noch eine Meinung haben soll, dann bitte doch nicht die von dem. Echt nicht. Für was hab ich eigentlich Jura studiert? Damit ich jetzt weiß, dass das Grundgesetzbuch genauso eine heuchlerische Scheiße ist wie die Bibel oder was? Es ist doch wieder sonnenklar, dass Deutschland nichts zu sagen hat – so lange wir ein unfreies Land sind. Was lässt sich Amerika noch alles einfallen, um Deutschland zu destabilisieren?

Siemens vernichten. Check.

VW vernichten. Check.

Gesetze in Frage stellen durch ein etwas misslungenes, philosophisch angehauchtes Gedicht. Check.

Ich hoffe, dieser Böhmermann hat einen Staatsangehörigkeitsausweis. Bestimmt hat er keinen. Wer geht auch schon auf die Ausländerbehörde, um sich ein kleines gelbes Dokument ausstellen zu lassen, in dem bestätigt wird, dass man Deutscher ist? Das ist auch ein Paradoxon – die deutsche Staatsangehörigkeit in der Ausländerbehörde beantragen. Wie grandios und traurig zugleich ist das denn? Ist schon wieder so seltsam geregelt, dass man das als Verschwörungstheorie abtun kann. Ich lebe in einem Zeitalter, in dem die Wahrheit als Verschwörung abgetan wird. Super. Wenn ich das laut aussprechen würde, dann wäre aber was los. Dann wäre richtig was los. Aber nur bei dem, der nicht über den Tellerrand hinausschauen möchte oder etwas zu verbergen hat. Bei den Theoretikern. Tja, wenn das Ego ins Spiel kommt, lassen sich wohl doch alle Fakten ausblenden. Dieser Böhmermann. Ich hoffe, er hält das durch. Wäre schade um ihn, denn er macht den Eindruck, wirklich gerne am Leben zu sein. Sei ihm gegönnt.

Wenigstens darf man noch denken, was man will.

Die Gedanken sind frei, keiner kann sie erraten. Sie fliegen vorbei wie nächtliche Schatten, nanananana, es bleibe dabei, die Gedanken sind frei.

Denken ist doch auch nur ein runtergeschlucktes Gespräch. Also unterdrückt. Wobei man nicht immer alles sagen braucht, was man denkt, und es auch mal schön wäre, wenn man nicht mehr denken müsste.

Geht das überhaupt?

Gar nicht mehr denken? Ist auch egal, jetzt ist ja alles vorbei.

Bald. Irgendwo muss doch dieser Türöffner sein? Nur wo? Wieso baut man Abtrenntüren für mehr Privatsphäre ein, wenn die auch von außen bedient werden können? Das macht doch überhaupt gar keinen Sinn. Der war es nicht. Der auch nicht. Da ist noch einer. Verdammt, wie geht diese beschissene Tür bloß auf? Ja, ich

kann ja einfach mal laut nachfragen, ob sie ihren fetten Arsch hierherschieben kann, um die Türe wieder zu öffnen, damit sie mir meine Nachspeise servieren kann. Rausschmeißen kann sie mich ja hier nicht. Also.
Na, das ging aber jetzt schnell.
Ja, genau. Aus Versehen zugedrückt und so. Das kannst du sonst wem erzählen. Ich habe die Nase voll von solch frustrierten Tussis, die im Leben nichts auf die Reihe bekommen und meinen, dass ihres leichter wird, wenn sie einem anderen das Leben schwer machen.
Ja, bring mir schön einen Kollegen. Du servierst mir garantiert nichts mehr. Danach spuckt die mir noch in meinen Kaffee – wenn sie das nicht schon gemacht hat.
Uh, wer kommt denn da?
Aha. George.
Nicht schlecht. Dann hatte die Sache ja auch noch was Gutes. Zumindest für mich. Wenn der in meiner Kabine ist, dann kann sie gerne wieder von außen zudrücken.
Ich muss dringend auf die Toilette.
Kunstausstellung von und mit LozARTig. In Dubai? Muss man den kennen? Oder die? Wer bitteschön kommt auf so eine Idee? Kunst auf der Flugzeugtoilette. Obwohl. Die Idee ist sogar perfekt. Sind die Gemälde eigentlich original?
Scheint so.
Soll jetzt Kunst in der Toilette Kunst, kunstvoller machen?

Was haben wir denn hier Schönes?

Kekka, was machst du?

Ist doch sowieso total sinnlos, eine Ausstellung als lebende Künstlerin zu machen. Kauft doch sowieso nur jeder von den Toten. Kunst machen, ist auch nichts für Menschen, die Sicherheit brauchen, aber die, die alle Sicherheiten haben, können sich Kunst leisten. Wobei die wirklich teuren Werke meist voll hässlich sind.

„Die Menschen werden nicht an dem Tag geboren, an dem ihre Mutter sie zur Welt bringt, sondern dann, wenn das Leben sie zwingt, sich selbst zur Welt zu bringen." (*Gabriel Garcia Marquez.*) Sondern dann, wenn das Leben sie zwingt, sich selbst zur Welt zu bringen?

Woher kommt das eigentlich, zu meinen, etwas wäre wertvoller, nur weil jemand tot ist? Es kommt zwar nichts mehr nach, aber das eine Bild an sich würde es doch ohnehin nur ein einziges Mal geben. Wenn die Voraussetzung eines Künstlers die ist, erst sterben zu müssen, damit man etwas verdient, was hat dann Kunst noch für einen Sinn? Du malst jahrelang deine Seele in Kunstwerke hinein, sie hängen so aus, dass jeder sie sehen kann, und erst wenn du den Löffel abgibst, fällt der Blick auf dieses Bild, das schon ewig an genau dieser Stelle hängt. Du opferst dein ganzes Leben nur einer Sache, und was ist der Dank dafür – immer nur der Tod, früher oder später. Alles, was es gibt, ist einzig und alleine nur durch die Vision eines Menschen entstanden.

Wenn man sich das mal vorstellt.

Dieses Buch, dieses Klo oder Pasta, Lampen, Häuser. All das war vorher irgendwo in einer Gehirnwindung eines Künstlers verborgen, bis genau zu dem Tag, an dem er dieses Etwas aus seinem Kopf in die Welt hinein projiziert hat. So gesehen sind wir alle Künstler.

Und wo bin ich dann eine Künstlerin?

Meine Kunst beschränkt sich mehr darauf, sich vorzustellen, was ich gerne hätte, und dann die Kreditkarte zu ziehen, um es anschließend in den Händen zu halten. McDrive Kunst.

Was hab ich eigentlich erschaffen?

Was bleibt von mir zurück, wenn ich gehe?

An was werden sich die Menschen erinnern, wenn ich fort bin?

Es muss doch auch irgendetwas von mir geben, dass jemand eines Tages in den Händen halten wird und zu seinen Enkelkindern sagt: „Schau mal, was ich hier habe, habe ich euch schon die aufregende Geschichte von dieser einen besonderen Frau erzählt, die das hier gemacht hat? Nein? Dann passt gut auf und erinnert euch daran, damit ihr es nicht vergesst und eines Tages euren Enkelkindern diese wichtige Geschichte weitererzählen könnt, sodass die Erinnerung an sie niemals verloren geht. Hört ihr? Denn nur durch das Erzählen ihrer Geschichte kann sie unsterblich bleiben – und das hat sie verdient."

Ich werde die Toteste unter den Toten sein, denn von mir bleibt nichts zurück.

Niemand wird sich Geschichten über mich erzählen.
Alle werden mich vergessen.
Irgendwann schon hat es mich nie gegeben.
Ich bin schon lange tot und wusste es nur noch nicht.
War ich denn auch jemals hier, wenn nichts von mir zurückbleibt? Nicht einmal eine Erinnerung von mir. Nichts, außer Geld, das sich mit der Zeit verbraucht. Sterben ja, aber nicht so. Für immer tot sein, ist auch komisch. Vielleicht erinnert sich die Praktikantin, der ich meinen Schreibtisch überlassen habe, und erzählt ihren Kindern einmal, von wem sie diesen Tisch bekommen hat? Besser nicht. Ich war zuvor nicht sonderlich freundlich zu ihr. Aber sie wird sich hoffentlich an mich erinnern, wenn sie an meinem Tisch sitzt. Hoffentlich. Wenn die Erinnerung stirbt, erst dann ist man mausetot. Ja, die Künstler unter uns sind doch die glücklicheren Toten. Die, an die man sich auf ewig erinnert.
Und, Kekka, was machst du so?

„Kekka, was machst du?", wieherte Elisa, die weise Eseldame.
„Ich kümmere mich um mein Baby", antwortete sie.
„Du hast schon sehr lange keine Abenteuer mehr unternommen", machte Elisa sie aufmerksam.
Traurig blickte Kekka hinauf zu ihr und sagte: „Ich kann auch nicht mehr so gefährliche Abenteuer erleben, weil ich doch jetzt Mama bin."

Mitfühlend blickte Elisa zu Kekka hinab und sagte zu ihr: „Kekka, deine Abenteuer waren nicht gefährlich. Sie brachten dir große Freude, sie ließen dich lachen und machten dich glücklich wie sonst niemanden hier in diesem Affendorf. Erinnerst du dich? Du hattest ein unbesiegbares, furchtloses Herz, und damit konntest du jeder scheinbaren Gefahr mit Liebe begegnen. Somit war die Gefahr nur noch das, was sie war: ein Krokodil oder ein hoher Berg, eine giftige Schlange oder eine tiefe Schlucht. Du wandeltest jeden Schein in sein Sein um, und dadurch war die Welt für dich so, wie sie ist – einfach nur zum Lieben. Auch mit Jamifri kannst du die großartigen Wunder wieder erleben. Bring keine Angst in sein Herz und zeige ihm, was du erfahren und zu lieben gelernt hast. Vergiss niemals, wer du wirklich bist!" Elisa stapfte fest mit einem Huf auf die Erde auf und galoppierte davon.

Durch Elisas Worte war Kekka kurz abgelenkt.

Gedankenversunken hing sie noch mal den weisen Worten von Elisa nach. Als sie sich zu der Stelle drehte, an der Jamifri zuvor spielte, war dieser auf einmal wie vom Erdboden verschluckt.

„Jamifri, wo bist du?", schrie Kekka laut ihn suchend, bis plötzlich eine weit entfernte Stimme vom Baum herab ertönte. „Hier bin ich, Mama!"

Dort, ganz oben auf der Baumkrone, saß er. Mit ein paar Sprüngen kletterte Kekka zu ihm hinauf.

„Jamifri, was machst du?", sagte sie erleichtert und umklammerte ihn fest.

„Ich schau mir die Welt von oben an. So erscheint sie mir verständlicher und einfacher."

„Du bist viel zu klein, um alleine so hoch hinauf zu klettern", versuchte Kekka ihm zu erklären. *„Ich liebe dich doch und sorge mich um dich!"*

„Mama", flüsterte Jamifri leise, *„Liebe ist frei, so wie du und ich. Nicht ich bin klein, sondern Sorgen machen uns klein, und wir bleiben auf dem Boden, stampfen auf einem Fleck und essen Früchte von nur einem Baum. Aber wenn wir uns selber lieben, dann liebt das Leben uns auch. Dann ist ein hoher Baum nur ein hoher Baum! Verstehst du?"*

Kekka drückte Jamifri noch fester an sich und fragte: „Jamifri, woher weißt du so etwas?"

„Das weiß ich von jemandem, der das Leben nicht fürchtet, der sich lebt und feiert. All das weiß ich von dir! Ich liebe dich, Mama!"

„Ich liebe dich auch, Jamifri!"

Gemeinsam saßen sie noch lange, fest umschlungen, auf Kekkas Lieblingsast, auf dem höchsten Baum im ganzen Affendorf, und warteten auf den Sonnenuntergang, damit dieser ihnen erzählte, welches aufregende Abenteuer sie morgen schon erwarten würde. Das Leben liebte sie und beide liebten das Leben.

Sich selbst lieben, so wie „Liebe deinen Nächsten wie dich selbst"?

Dann erklärt sich der Hass auf der Welt auch von selbst. Die meisten Menschen lieben sich nicht, sie hassen sich, und den Selbsthass gibt wirklich jeder schön an seinen Nächsten weiter. Wer liebt sich bitteschön auch von selbst? Das wäre ja mal ein Gebot, das jeder penibel befolgt. Moment!
Was würde jemand tun, der sich selbst liebt?
Ja, da wüsste ich schon was. Aber liebt man sich selbst, ist man doch auch wieder egoistisch. Wie man es macht, macht man es falsch. Das ist sicher. Besser man macht es sich selbst recht, dann ist wenigstens einer glücklich. Und wenn man dann glücklich ist, kann man ja die anderen dazu nötigen, auch glücklich zu sein. Oder man geht einfach – so wie ich. Geld oder Leben. Die meisten wollen immer beides, und irgendwie funktioniert das nicht so ganz entspannt. Würde jemand, der von ganzem Herzen Kunst macht, von Heute auf Morgen alles liegen und stehen lassen, wenn er plötzlich eine Million hätte? Wenn ja, dann hat er sein Handwerk nur wegen dem Einen gemacht. Wenn nein, dann bleibt er schön dort, wo er ist, und macht weiter. Unbekümmert, was sein Kontostand sagt. Vielleicht würde er sich reinere Pigmente zulegen, aber prinzipiell gäbe es nichts weiter zu ändern für ihn, denn er hat alles, was er braucht, um glücklich zu sein – er braucht ja nur sich, also seine Fantasie.
Fantasie?
Was soll das auch schon sein?

Hirngespinste oder so. Oder woher sonst kommen die schrillen Ideen immer? Ich bin fantasielos, eindeutig. Meine Kräutergartenplanung hat es bewiesen, und zwar so was von. Kräutertöpfchen ohne Blumentopf halten einfach dem kleinsten Windhauch nicht Stand. O Mann, hat sich die blöde Kuh aufgeregt, weil der ganze Dreck auf ihren Balkon geflogen ist. Sie hätte bestimmt sowieso irgendwann nicht mehr mit mir geredet, von daher war es auch nicht so tragisch, dass ich das Chaos bei ihr nicht beseitigt habe.

Genau! Ich glaube, das letzte Mal war ich im Kindergarten kreativ. Mit diesen Postkarten und dem eingefärbten Sand. Ich hab stundenlang an diesen Karten gesessen, hab völlig die Zeit verloren und an nichts anderes mehr gedacht, und als sie nach Wochen endlich fertig waren und ich sie Mama stolz gezeigt habe, war das einzige, was sie dazu gesagt hat: „Nett." Ihr Desinteresse hat mich damals so verletzt, dass ich alle Karten verbrannt habe. Wäre mir doch ihre Meinung schon damals am Arsch vorbeigegangen, dann hätte die Nachwelt jetzt auch was Selbsterschaffenes von mir in den Händen halten können. Die hat sich aber auch echt nie für mich freuen können. Immer hat sie was gefunden, um an mir rumzunörgeln. Man kann doch auch stilvoll unglücklich sein, so wie ich. Einfach mal die Klappe halten.

Noch so ein Ton, Intensivstation. Sag mal, für was wird die hier eigentlich bezahlt? Ich sitze hier so lange auf dem Klo, wie ich will. Ob bei mir alles in Ordnung ist?

Ja, klar, bevor du hier an die Tür geschlagen hast, war alles in bester Ordnung. Wie lange sitze ich hier überhaupt schon drin? Keine Ahnung, aber mein Hintern hat bestimmt schon ein Branding von dem Klodeckel. Huch! Die ist aber mal laut. Wenn man da zu nah dran steht, spült es dich bestimmt in die Atmosphäre. Auch eine Möglichkeit, diese Schnepfe loszuwerden. Lass gut sein, auch die siehst du bald nie wieder.
Schau ich so aus, als ob ich Hilfe brauche?
Immer schön lächeln. Braves Kind.
Jetzt gib mir schon meinen Kaffee. Die zieht doch den Ärger magisch an. Würde mich ja nicht wundern, wenn ein Schläfer wegen ihr eine Krise bekommt und die Bombe hier hochgehen lässt. Solche Menschen können einen ja nur verrückt werden lassen. Ich flipp auch gleich aus. Was hat die denn? Soll ich das jetzt persönlich nehmen? Lässt mich eiskalt vor der Maschine stehen. Na gut, dann schenk ich mir meinen Kaffee halt selbst ein. Wenn sie meint. Ihr Ding. Wieso muss man auch immer so auffällig bescheuert sein? Hört sich halt scheiße an, wenn sie sagen müsste: „Schönes Kleid, ich bin eifersüchtig auf dich und gönne dir deinen Reichtum nicht." Schluss aus und die Wahrheit würde auf dem Tisch liegen. Schätzelein, es ist so was von offensichtlich, was für eine Laus dir über die Leber gelaufen ist. Wer außer mir würde es nicht erkennen können. Ja, es ist das Leben. Es ist grausam, und nicht nur zu dir, also beruhige dich wieder. So, und wer bringt mir jetzt meine Nachspeise?

George natürlich. Wer sonst?

Wieso arbeitet sie überhaupt hier, wenn sie ein Problem mit schönen und reichen Leuten hat? Und sicher, das hat sie. Wieso braucht man es, dass man sich ständig mit dem konfrontiert, was einen den gewissen Stich in die Brust versetzt, aus dem die ganze Lebensfreude entweichen kann? Will man selbst so sein, glaubt aber, das niemals erreichen zu können? Meint man, dass man hier einen reichen Mann kennenlernen kann? Die große Liebe für immer? Sie wird schon wissen, warum sie sich die volle Dröhnung an Leid jeden Tag genau hier an diesem Ort reinzieht. Und wenn nicht, dann ist es auch ihr Problem und nicht meins. Punkt.

Wieso sollte man auch für andere mitdenken, wenn sie es selbst nicht einmal schaffen, sich über ihr eigenes Dilemma Gedanken zu machen? Gedankliche Umweltverschmutzung deluxe. Gehört das in den gelben oder in den grünen Sack? Egal, einfach in die Tonne mit ihr.

Ab wann geht eigentlich eine Reise los?

Ab da, wo man die Entscheidung trifft, eine Reise zu machen, oder erst dann, wenn man am Ziel ist?

Wahrscheinlich erst dann, wenn ich das Ticket überwiesen hab.

Na endlich, mein Dessert. Und was soll das sein? Türkisches Tiramisu oder wie? Wenn ich gar nichts mehr essen würde, würde ich auch eher früher als später sterben, und wenn ich esse ohne Ende ebenso. Da wären wir dann wieder bei der Mitte. Um die Mitte kommt man anscheinend nicht herum, wenn man gerne leben möchte. Wobei man doch sowieso alles locker wegstecken kann, wenn man gerne lebt. Tante Ruth. Was hat die weggeraucht. Genüsslich, ohne Reue. Die ist auch dreiundneunzig geworden. Hat das fetteste Schweinefleisch gegessen, schachtelweise Zigaretten geraucht und die Männer flachgelegt, wie sie Lust hatte. Tante Ruth. Was für eine Frau. Wie hab ich die geliebt. Ihren Lebensstil hat sie immer mit rauer Stimme gerechtfertigt: „Nur das ist tödlich, was die Wissenschaft lange genug für tödlich erklärt. Glaubst du erst einmal daran, bist du weg vom Fenster, und zwar ganz schnell." Oder wenn sie wieder nachts einen Typen abgeschleppt, am nächsten Tag ihren starken Kaffee getrunken hat und die verurteilenden Blicke der buckeligen Verwandtschaft auf sie fielen, zog sie genüsslich an ihrer Kippe, schaute entspannt in die Leere und sagte dann: „Jeder stirbt, jeder, aber nicht jeder lebt." Die Alte hatte recht. Scheiß drauf, so lange du tust, was dich glücklich macht, geht alles gut. Punkt.

Ich bestelle mir noch so ein undefinierbares Etwas. Was soll's? Auf was hab ich nur all die Jahre verzichtet? Auf Kohlenhydrate, Zucker, Fleisch, Sex, Freizeit, dieses eine schrille Kleid, das verdammt gut an mir ausgesehen hat, aber leicht rufschädigend wirkte. Viel zu kurz. Jetzt mal echt. Ich, die, die Lust am Leben schon lange verloren hat, passt auf, dass sie nichts Schlechtes abbekommt, und die, die voll gerne leben, denen ist alles scheißegal. Siehe Tante Ruth.

Wie funktioniert das denn überhaupt?

Müsste es nicht genau andersrum sein? Wenn doch sowieso schon alles egal ist, dann kann man doch auch alles machen, was man möchte. Aber möchte man dann eigentlich noch, wenn man doch schon lange nicht mehr möchte? Also ist das Möchten die Voraussetzung für die Gleichgültigkeit? Nur, wenn ich dann schon so weit bin und alles mache, was ich möchte, möchte ich dann überhaupt noch sterben? Hmm? Gute Frage. Dafür, dass mir alles schon immer egal war, hat mich immer schon ziemlich viel gestört, und wenn es nur die blöde Tussi mit ihren bescheuerten Kindern unter mir war. Mann, ging die mir auf die Nerven. Wie kann man auch nur sein ganzes verlebtes Leben auf seine beiden Kinder projizieren? Dass der der Mann weggelaufen ist, wundert mich überhaupt nicht. Der eine muss Geige spielen, der andere muss Englisch lernen, mit vier, und dann diese ellenlange Liste am Kühlschrank, wer was wann und wie machen muss. Da habe ich es mit meiner Mutter noch echt gut erwischt, und die nervt auch, aber die unter mir ist einfach die Krönung der Krönungen. Aber als kinderlose Frau darf man sich darüber wohl kein Urteil erlauben, denn man hat ja keine Ahnung. Als würde man ihren Extremismus nur erkennen können, wenn man selbst Kinder hat. Also bitte. Ich war selber einmal ein Kind, und das ist Erlaubnis genug, ihr meine Meinung über ihren schlechten Führungsstil mitzuteilen. Diese dämliche Ausrede „du hast ja keine Ahnung, weil du keine Kinder hast" ist ja genau so, als würde jemand zu mir sagen, ich hätte keine Ahnung von Krebs, weil ich ihn überlebt habe. Der Grund, warum ich niemals Kinder wollte, ist doch der, weil ich selbst einmal ein Kind war und keine Ahnung habe, wie man das, was mich so schrecklich verletzt hat, bei einem anderen anders machen kann.

Was hat mich eigentlich so verletzt?

Hätte ich es wirklich nicht anders machen können?

Dass sie immer behauptet hat, es wäre nicht so gewesen, wie ich es empfunden habe, das hat mich verletzt, und wie. Dass alles, was ich gemacht habe, in ihren Augen als unnormal abgestempelt worden ist. Dass ich mich ständig rechtfertigen musste für alles, was mir Spaß gemacht hat, und sie mir immer eingeredet hat, dass alles, so wie ich es mache, nicht funktioniert. Und es hat immer funktioniert. Immer.

Ich hab aufgegeben, anstatt mich hinzugeben. Ich habe geglaubt, dass das mir Mögliche unmöglich ist. Ich habe meine Ohren für die anderen aufgemacht und dabei mein Herz verschlossen.

Warum nur diese Verbitterung?

Warum gönnt niemand dem anderen sein Glück, seine Talente?

Es gibt doch keine Nebenwirkungen für die anderen, wenn man glücklich ist oder einmal war.

Ist es so beleidigend für andere, wenn man glücklich ist?

Warum soll man sich was gönnen, wenn die anderen danach eine Fresse ziehen? Zu sterben, das gönnt mir bestimmt jeder. Haben doch sowieso alle Angst vor dem Tod. Und warum? Weil niemand

das macht, was er gerne möchte, weil sich niemand traut, sich das Allerbeste zu gönnen, und wenn es auch nur der süße Tod ist.
Weg zu gehen, ist so viel besser, als hier zu bleiben. Ist doch sowieso alles falsch, was ich mache.
Oder richtig? Wer weiß das schon.
Wir landen.
Na endlich.
Mein Leben lässt sich in nur drei Worten präzise beschreiben:
grotesk,
grotesk,
und noch mal grotesk.
„Von nichts, kommt nichts, und vom Nichts kommt alles", sagte Papa einmal.
Vom Nichts kommt alles?
Na gut, wenn er meint.
Vom Nichts kommt alles?
Komisch, wenn man zum ersten Mal etwas macht, das zugleich das letzte Mal ist.
Ich bin zum ersten und letzten Mal Erste Klasse geflogen, war das erste und letzte Mal in Rom, ich habe dreihundert Euro für eine Nacht gezahlt und mir zum ersten Mal Gedanken über die Dinge gemacht, die ich als Letztes machen möchte, und das Einzige, das ich bereue, ist, dass ich nie so richtig nüchtern gewesen bin. Selbst, wenn ich nichts getrunken habe. Ich war nie richtig da.
Was ist das denn?

Berge und noch mal Berge und mittendrin ein Landeplatz. Wo ist der Rest vom Flughafen bitteschön? Hoffentlich haben die hier einen Autoverleih oder eine Kaffeemaschine würde auch schon reichen, vorerst zumindest.

Endstation.

***

Perfekt, das da drüben schaut doch wie ein Autoverleih aus. Easy Cars. Okay, na hoffentlich gibt es noch einen SUV. Wobei es mit was anderem hier gar keinen Sinn macht rumzufahren, oder?

Kreditkarte.

Wie lange ich ihn ausleihe?

Was soll ich angeben?

Eine Woche? Jedenfalls so lange, damit das Auto nicht als gestohlen gemeldet wird. Mit abgehackten Armen sterben sieht einfach scheiße aus. Nein, danke. Zwei Wochen lang war jetzt aber auch übertrieben. Besser so als anders.

Hat Opel SUVs? Vielleicht die Türken schon. Mensch, ist es hier heiß.

So, gut, und wo bitteschön ist mein Auto?

Wieso deutet er ständig auf diese Schrottkarre?

Ich sagte doch Geländewagen.

Sag bitte nicht, dass er das ernst meint.

Nein, auf gar keinen Fall steige ich da ein. Da brauch ich jedenfalls keinen Sarg mehr, wenn ich mit dem fahre.
Der meint das nicht ernst?
Doch. Tut er.
Du kannst aufhören, so blöd zu grinsen. Ich hab's kapiert, du Idiot. Gib mir schon den Schlüssel.
Mit ohne Klimaanlage.
Mit ohne Navi.
Und das Wichtigste: mit ohne SUV. Er kann sicher davon ausgehen, dass ich diese Karre nicht zurückbringen werde. Nicht einmal, wenn ich wollte. Wie denn auch? O Mann, jetzt darf ich mit dem beschissenen Golf in der Wüste rumkurven.
Mist, und mit ohne Servo. Wie soll ich den lenken? Erst, wenn ich fünfzig fahre, oder was? Verdammt! Klar, ein Golf II mit 'ner Servo und jedem Schnickschnack. Wo lebe ich denn? So eine Schrottkarre! Okay. Beruhige dich wieder und fahr einfach, egal, was passiert. Ich muss bis nach Sanliurfa, mehr verlange ich nicht, und wenn die Karre noch läuft, fahr ich bis nach Aleppo durch, stell mich auf den Stadtplatz und warte ab, wer zuerst stirbt, der Golf oder ich – oder bis dass der Tod uns scheidet. Ich fahr einfach mal rechts.
Halbvoll, und das schon nach fünf Kilometern? Na wunderbar, das geht ja gut los. Oder die Anzeige spinnt einfach nur. Wollen wir es hoffen.

Endlich ein Schild in der Pampa und ich kann nichts erkennen. Keine Ahnung, was da steht. Ich sehe nichts. Soll ich jetzt anhalten und das Schild putzen? Tja, mir wird wohl nichts anderes übrigbleiben.

So, und wie bekomme ich dieses Drecksding jetzt sauber?

Mit Kaffee?

Ja, mit Kaffee.

Der ist sogar noch lauwarm. Thermoskanne Made in Germany versus türkisches Verkehrsschild. Igitt, ist das schmierig. Also weiter geradeaus. Ich brauche dringend eine Karte und Musik.

Da schau an, das Radio geht. Wenigstens funktioniert das.

Es wird dunkel, und zwar ziemlich schnell, als wäre nicht schon alles beschissen genug. Jetzt geht das verdammte Licht nicht. Ich sehe so schon nichts, und jetzt das noch. Ich muss mich irgendwo an die Seite stellen und bis morgen warten.

Jetzt schon.

Wie weit bin ich gekommen? Zwanzig Kilometer oder so?

Das kann doch alles nicht wahr sein. Was ist das da hinten?

Ein riesiger, glitzernder Streifen am Horizont. Schaut schön aus, was immer das auch ist. Wenn ich schon nicht leuchte, dann fahr ich einfach auf das Licht zu. Eine gute Übung jedenfalls – dem Licht entgegenfahren.

Oje, das ist ein Grenzzaun. Ein verdammt langer Grenzzaun sogar.

Wieso steht da niemand? Hier kann man doch perfekt ein Loch reinschneiden und schwups, durch.

Danke auch. Und jetzt? Jetzt komme ich nicht weiter wegen einem unbewachten Grenzzaun im tollen grenzenlosen Europa.

Moment.

Ein unbewachter Grenzzaun. Keiner weit und breit.

Ich fahr einfach ein Loch in den Zaun. Laut Beschilderung müsste die Straße doch genau hier weitergehen. Einen Versuch ist es wert.

So wird das nichts, ich muss mehr Gas geben.

Und noch mal.

Los, beweg dich schon.

Oh Mist, das war zu viel Gas. Bitte nicht. Herrgott, stinkt das.

Noch mal.

Mehr Anlauf holen und weniger im ersten Gang anschieben.

Pause. Es geht nicht. Es kann doch nicht sein, dass hier niemand weit und breit ist.

Ich verstehe das nicht. Ich dachte, hier wäre alles bewacht. Vielleicht kommt man hier auch gar nicht weiter und jeder weiß das, nur ich nicht. Nein, kann nicht sein, dort führt der Weg Richtung Aleppo entlang. Ganz sicher.

Weiter als bis hierher komme ich heute nicht mehr. Hoffentlich ist der Motor nur überhitzt. Der Rauch wird weniger. Gott sei Dank.

Na wunderbar, wäre ich nur zu Hause geblieben und hätte mich vom Leben selbst langsam, aber sicher umbringen lassen.

Die Sterne, so klar und so viele.

Wenn das Einzige, das man erkennen kann, nur noch das Licht eines Sternes ist, ist das dann das Ende der Finsternis?

Ich, ich könnte ja gar nichts sehen, also nur noch schwarz, und jetzt, jetzt sehe ich Sterne.

Schön.

Vielleicht war es ja doch nicht so schlimm – mein Leben?

Vielleicht hätte ich auch mit dem, was ich habe, noch etwas Schönes machen können?

Nur, alleine?

Bin ich jetzt noch mehr alleine, als ich es vorher war?

Hier ist niemand, nur ich, ich alleine. Ganz alleine.

Kann man überhaupt ganz alleine sein?

Die Sterne sind da, die Kälte ist da, der Rauch vom Auto ist da, und ich denke, also bin ich da. Und wenn all das nicht wäre, bin ich dann trotzdem da? Wenn man ewig existiert, und man nach diesem Leben in einen Raum kommt, in dem man auch nichts fühlt – was dann? Dann war alles, was ich jetzt tue, umsonst.

Und jetzt?

An was glaube ich eigentlich?

An ein Leben nach dem Tod. Beziehungsweise, dass ich nach dem Tod ein Leben habe.

Muss ich denn wirklich erst sterben, damit ich ein Leben habe?

Wenn das Eine das Andere ist, ist doch das Andere das Eine.

Dann gäbe es ja so gesehen weder Leben oder Tod getrennt von-

einander. Beides ist das Gleiche. Und wenn beides eins ist, wieso zieht es mich dann trotzdem mehr auf die andere Seite? Leben ist dann fühlen und Tod ist dann nichts fühlen, oder wie?
Kann man im Leben sterben und dann richtig leben?
Dann könnte man sich den Tod ja auch sparen.
Ja, aber was ist richtig leben?
Für mich weiß ich das. Leider. Dieses Gefühl von Schmetterlingen im Bauch. Berührung durch den Menschen, der in einem dieses bestimmte Gefühl auslöst. Vielleicht trage ich viel zu viel Ballast mit mir rum, sodass nichts mehr von all dem, was ich so sehr vermisse, an mich herankommen kann? Wenn man sich so sehr von der Erinnerung entfernt hat wie sich Liebe anfühlt, dann, dann ist doch alles zu spät, oder?
Vielleicht lässt sich Leben und Tod an dem Parameter messen, dass man ab dem Zeitpunkt, wo man meint, alles, was man macht, dient nur dem Überleben, jeglichen Bezug zum Fühlen verloren hat und somit auch den Bezug zum Leben und zu sich. Dann wird es ja wohl auch erlaubt sein, die Reset-Taste drücken zu dürfen, ohne dass man dafür gleich in die Hölle kommt.
Die Hölle.
Tolle Erfindung.
Wenn es noch kälter wird, hab ich echt ein Problem.
In der Hölle, wenn es sie gäbe, wäre es bestimmt schön heiß jetzt.
Die Hölle.
Der letzte Schluck Kaffee. Lauwarm. Und von zu Hause.

Zu Hause.

Wenn der türkische SUV sonst schon nichts kann, aber Sitzbezüge hat er. Die müssten warm halten über Nacht, und die Erinnerung an meinen Kaffeevollautomaten auch.

Home sweet home.

Erst jetzt, wo ich so weit weg bin, kann ich dich sehen.

Glasklar sogar.

Am glücklichsten ist man wohl wirklich nur, wenn man unzufrieden ist. Und wenn man nichts zu finden glaubt, was einen unglücklich machen kann, dann erfindet man einfach was. Und wenn man auf die Schnelle bei sich nichts findet, dann findet man garantiert bei einem anderen was.

Sucht ein Erfinder auch oder erfindet er immer nur?

Und wo findet er die ganzen tollen Sachen? Schließlich gibt es sie ja noch gar nicht.

Durch Träume?

Von den Sternen?

Würde ein Erfinder ständig suchen, er würde niemals finden.

Wieder ein Paradoxon.

Ein Erfinder, der nach etwas sucht.

Also müsste die Sache den Erfinder finden, damit er sie von sich heraus nach außen projizieren kann. Also materialisieren. So gesehen ist alles, was einer erfindet, weder erstunken noch erlogen, es existiert wirklich in einem selbst.

Und wenn man es schafft, all das raus zu bekommen, ist man ein Genie oder wahnsinnig. Eines von beiden wird man immer sein, die Frage ist nur, was will man sein?

Ein gelebtes Genie oder ein unterdrückter Wahnsinniger? Also ist man wahnsinnig, wenn man nur von den Dingen spricht, die man im Kopf hat, aber ein Genie, wenn man es schafft, das Hirngespinst in die Welt zu bringen, sodass jeder es sehen kann.

Wobei, sogar dann, beziehungsweise spätestens dann, ist man ein Spinner. Wie man es macht, macht man es falsch, und wenn man es falsch machen kann, kann man es genauso gut richtig machen. Also was soll's – einfach machen.

Hätte ich doch nur diese Idee mit der Surfschule am Eisbach realisiert.

Verrückt genug wäre sie zumindest gewesen und ein Versuch wert, sie auszuprobieren.

Oder auch nicht. Wer weiß das schon.

Vor Menschen, die gute Ideen haben, muss man sich nicht fürchten, nur vor denen, die ihr Ding durchziehen. Die Macher sind die wirklich Gefährlichen.

Ich bin müde. Morgen ist auch noch ein Tag – ist nur noch ein Tag.

Ein einziger Tag.

Vielleicht finde ich ja noch ein Schlupfloch durch den Zaun?

Und die, die suchen,

sind süchtig?

Was suchen sie?

Sich selbst!

Was war das?

Was kratzt da so?

Wo bin ich hier? Hier werden doch keine wilden Tiere sein? Oder doch?

Eine Schlange?

Die kratzt nicht.

Kinder!

Wo um Himmelswillen kommen diese Kinder her?

Was wollen die von mir?

Da ist ein Loch im Zaun.

Ich hab ein Loch in den Zaun gefahren.

Der Tod ist mir sicher.

Vielleicht haben sie Hunger?

Wo ist mein Rucksack?

Hier, die Tramezzinis müssten reichen.

Verdammt, mein Rucksack!

Die haben meine Sachen.

Wo rennen die hin?

Mein Pass. Mein Geld. Schnell, schnell, hinterher. Die erwische ich noch.

Wo sind sie nur hin?

Wenn ich den Rucksack nicht mehr bekomme, dann ...

Wem oder was renne ich eigentlich noch hinterher?

Meiner Identität?

Meinem Geld?

Und jetzt? Was mach ich jetzt?

Wo bin ich hier eigentlich?

Bin ich auf der Seite, zu der jeder hin möchte, oder auf der, von der jeder weg will?

Europa. Grenzenlos. Grenzenlos abgeriegelt.

Stacheldraht, kilometerweit.

Muss man erst Grenzen setzen, um grenzenlos werden zu können?

Verdammt, hätte ich dieses blöde Loch nur nicht gemacht.

Ich hab Hunger.

Da öffne ich schon mal Grenzen, und was ist der Dank dafür?

Dass meine Sachen gestohlen werden.

Von Kindern.

Super gemacht.

Eigentlich eine echt gute Idee. Hohe Mauern bauen, und zwar von der anderen Seite aus, dann schön ein ganzes Volk um seine Bodenschätze berauben, Waffen liefern, dass sie sich selbst gegenseitig umbringen können, und dann schön davon ausgehen, dass niemand durch die dicken Drähte hindurchkommt, um sich sein Eigentum zurückzuerobern.

So sicher kann das Ganze gar nicht sein. Wenn ein Golf II ein Loch in den Zaun reißen kann, dann möchte ich nicht wissen, was passiert, wenn die alle kapieren, dass der Draht hier aus Seide ist.

Ich fahr ein Loch in einen meterhohen Grenzzaun und werde von drei Kleinkindern bestohlen.

Mein Leben ist grotesk.

Zweifellos grotesk.

Die Kinder sind weg, und weit und breit ist hier nichts. Null. Ich geh zurück und versuch, den Golf zu starten, und dann, dann fahr ich weiter.

So weit ich komme.

Schüsse?

Waren das Schüsse?

Fahrzeuge.

Bloß weg von hier.

Chancenlos.

Sie sind da.

Wer ist das mit der Kamera? Er kommt mir so vertraut vor.

Ich verstehe kein Wort mehr.

Nichts.

Fass mich nicht an.

Lass los.

Finger weg.

Zu spät.

Es ist vorbei.

Schüsse.
Bin ich tot?
Ich weiß es nicht.
Ich fühle nichts.
Ja.
Ich bin …
Ich bin …
tot?

Teil 2

ich fühle

Was für ein sinnloses Blutvergießen. Ich kann nicht mehr. Ich bin am Ende. Ich möchte unbedingt wieder nach Hause. Die Frau. Die Kinder. Es geht keiner mehr.
Meine Männer. Ich muss sie in Sicherheit bringen.
Claire, ich vermisse dich so sehr. Bitte warte auf mich.
Ich habe keine Kraft mehr, jemanden zu retten. Sie ist die Letzte. Bitte, lass sie die Letzte sein.
Straßensperren?
Sie kommen immer näher.
Da sind sie schon.
Hätte ich doch nur nicht angehalten, dann wären meine Männer jetzt in Sicherheit.
Claire, in diesem Kleid, und alle waren da. Sogar ihr Bruder. Wie glücklich sie war. Wie glücklich ich war. Der kurze kühle Regen.
Alle waren da. Alle.
Bis dass der Tod uns scheidet.
Endstation.
Das Warten hat ein Ende.

Claire, es tut mir so unendlich leid.
Ich habe mein Versprechen gehalten.
Ich liebe dich!
Küss die Kinder von mir.

Gib Gas, gib Gas, fahr schon los, fahr, schneller, er verblutet!
So viel Blut. Ich kann die Wunde nicht stillen.
Wir müssen weg von hier.
Die Kinder. Die Frauen. Die Männer. Ich muss sie in Sicherheit bringen. Wir müssen es schaffen. Wir müssen es versuchen. Fahr durch die Sperre, fahr bloß durch. Kein Anhalten. Weiterfahren. Alter, drück das Pedal durch. Er stirbt uns weg. Fünf Kilometer. Nur noch fünf Kilometer, dann haben wir es geschafft.
Wir sind durch. Wir haben es geschafft. Nur noch ein paar Minuten. Bitte halte durch. Halte durch.
Es ist zu viel Blut.
Es tut mir so leid, dass ich nicht helfen konnte. Es tut mir so schrecklich leid.
Bitte verzeih mir.
Ich mache es wieder gut und rette die Menschen, die du retten wolltest.
Ich rette sie, versprochen.
Ruhe in Frieden.
Wir werden sterben.
Alle,

nur nicht heute.

Heute nicht.

Sie folgen uns nicht?

Warum?

Was für eine Sperre war das?

Oh Gott, kommt es schlimmer? Bitte nicht!

Was sind das hier für Haufen?

Wie grausam.

So viele. Es sind immer viele.

Zurück?

Ein Zurück gibt es nicht mehr.

Die Straße ist zerstört. Zu viele Bomben. Viel zu viele.

Verdammt, ein Schlagloch.

Bitte nicht kippen.

Nein. Los, spring an. Los, geh schon, du Scheißding.

Wir haben keine Zeit. Wir müssen weg von hier.

Wir müssen zu Fuß weiter.

Alle.

Wo sind die Kinder hin?

Die Kinder sind weg. Ihr Rucksack.

Eine Thermoskanne. Leer.

Tampons?

Essen und Geld.

Zum Camp müssten es ungefähr noch drei Kilometer sein,

das schaffen wir, und dann, dann gehe ich alleine weiter, weiter, in die Mitte.

O Allah, lass sie schnell sterben, damit sie nicht mehr länger leiden müssen. Allahu Akbar. O Allah, vergib dem Lebenden unter uns und unserem Verstorbenen, dem Anwesenden unter uns und dem Abwesenden von uns, dem Jungen unter uns und dem Alten unter uns, dem Manne unter uns und der Frau unter uns. O Allah, wem du von uns Leben verliehen hast, dem verleihe Leben im Zustand des Islam, und wen du von uns zu dir genommen hast, so nimm ihn zu dir im Zustand des Iman. O Allah, versage uns nicht seine Belohnung und lasse uns nach ihm nicht irregehen.
Allahu Akbar. O Allah, vergib du unseren Vorfahren, den uns vorausgegangenen Kindern und denen, die uns vorausgegangen sind im Glauben – so ist dies gut.

Nicht weinen. Bitte nicht weinen. Alles ist gut.
Was für eine Scheiße, gar nichts ist gut. Weine nur, ihr habt Grund dazu. Sie werden nicht wieder zurückkommen.
Hier bezahlt ihr nur noch mit eurem Leben.
Dieser Krieg.
Ich muss es in die Mitte schaffen.
Ich muss, damit die Welt ein Bild von der Wahrheit bekommt. Die Menschen müssen wissen, was hier geschieht, denn kein Zeitungsbericht der Welt wird die Wahrheit zeigen.

Die Wahrheit.

Lass die Wahrheit das Letzte sein, was stirbt.

Sie sind verloren. Alle drei, verloren.

Noch rennen sie …

In die falsche Richtung.

Jede Richtung hier ist die falsche. Jede verdammte Richtung.

Sie sind verloren. So oder so.

Ein Schuss – der Erste.

Noch ein Schuss – der Zweite.

Und noch einer.

Ruht in Frieden.

Wir müssen laufen. Wir haben keine andere Wahl.

Hör auf zu beten. Hör auf mit dem Gewippe, wir müssen hier weg.

Los, steh schon auf. Mach schon.

Sie hat alles verloren. Sie hat aufgegeben. Wir können nicht auf sie warten.

Nicht mehr.

Hätte ich doch warten sollen?

Habe ich das Richtige gemacht?

Wieso sind sie uns nicht gefolgt?

Warum?

Lauf.

Lauf schneller.

Lauf. Wir sind gleich da.

Gleich haben wir es geschafft.

Was war das?

Ein Schuss?

Noch einer?

Das war was anderes. Eine Granate. Keine Ahnung, aber kein Schuss.

Sind sie uns doch gefolgt?

Nur weg von hier.

Ich werde älter. Meine Füße schmerzen und der Krieg macht mich müde.

Was tue ich hier eigentlich? Ich renne um mein Leben mit einer hübschen Fremden an meiner Hand. Sie kommt aus Deutschland, wie ich, nur bin ich nicht so festlich gekleidet. Was hat sie vor? Ob sie jemals dort ankommen wird, wo sie hin wollte? Wieso hier, hier, an diesem schrecklichen Ort? Wieso nicht im Englischen Garten. Wie oft war ich dort laufen. Jeden freien Tag, den ich in München war, war ich dort laufen.

Wann war mein letzter freier Tag?

Vor Jahren.

Es wird nie aufhören. Der Krieg. Er wird mein letzter sein. Ganz gewiss, der letzte.

Wieso sind die Kinder nur zurückgelaufen? Das macht doch gar keinen Sinn.

Wieso hat die Mutter sie nicht zurückgerufen?

Das Camp. Wir haben es geschafft.

Wir sind in Sicherheit.

Wieso schauen uns alle so an?

Wieso sagt niemand etwas?

Ist der Krieg zu Ende?

Das ganze Feld? Das Ganze.

Was für ein verdammtes Glück.

Das ganze Feld vermint. Deswegen ist uns niemand gefolgt.

Diese Schweine.

Ich brauche meine Ruhe und Wasser.

Wo geht sie hin?

Was macht sie hier an diesem Ort eigentlich?

Was mache ich hier?

Seit Jahren verschanze ich mich in den widerlichsten Orten der Welt, renne über scharfe Minen von einer Front zur nächsten, und für was?

Für ein Bild der tausend Bilder?

Für dieses eine Bild, das nur ich alleine für die ganze Wahrheit sehe?

Was ist die Wahrheit schon?

Dass ich Krisenberichterstatter bin? Dass ich mit meiner Kamera das Leid einfange? Dass ich mein ganzes Leben geopfert habe für Menschen und Orte, die die Welt vergessen hat. Für die sich niemand interessiert, weil alles in Ordnung ist, so lange die Autos fahren und die Nachttischlampe leuchtet. Ich bin auch nicht besser, als all die Lügner, Minenleger, Bombenwerfer und Betrüger dieser Welt. Ich bin genauso einsam und alleine wie die, die meinen, etwas für die Welt zu tun und dabei ihre eigene verlieren.

Was habe ich nur getan?

Wer bin ich?

Bin ich wirklich all das?

Ständig lauf ich von einem Kriegsgebiet ins nächste, und das, obwohl ich den Glauben schon lange an eine perfekte Welt verloren habe, und dennoch existiert sie.

Hier, direkt vor mir.

Mein Herz pocht und meine Hände sind feucht.

Wie gerne würde ich sie küssen, bei ihr sein, mein Leben mit ihr teilen, ein Haus bauen am Land und Kinder mit ihr großziehen.

Wie absurd, etwas so Schönes wie sie hier an solch' einem Ort zu finden. Wie gerne würde ich ihr all das sagen. Nur nicht hier.

Oder doch?

Wären meine Gedanken nur laut und mein Herz still.

Wo bleibt sie nur so lange?

Besser ich sehe mal nach.

Da ist sie. Was macht sie da? Macht sie da mit dem Soldaten rum? Hier? Sieht so aus.

Nur gut, dass ich nichts gesagt habe. Es gibt keine perfekte Welt.

Nicht für mich.

Warte.

Die machen nicht rum. Was ist da los? Ich kann nichts hören.

O mein Gott.

Er vergewaltigt sie.

Was habe ich nur getan? Im Krieg ist man nirgendwo sicher. Was mache ich jetzt?

Ich muss dazwischen gehen. Ich muss was tun.

Das Richtige.

Es reicht. Lass los. Die Waffen – weit weg von ihm. Versteck dich.

Los, lauf weg.

Wo ist sie hin?

Verdammte Scheiße, wir müssen weg von hier. Sofort.

Was habe ich nur getan?

Ist er tot?

Ich hab ihn erschlagen. Ich habe ihn getötet.

Bitte nicht. Die Wunde ist zu groß.

Verdammt, wir müssen weg von hier.

Der Schlüssel steckt. Wo ist sie nur?

Sie ist da.

Wo nur hin jetzt?

Das Meer. Ich kann es klar vor mir sehen. Die Wellen. Das Rauschen. Der weiche Sand unter mir. Die Luft, rein.

Ich möchte nicht mehr kämpfen. Ich möchte Frieden. Ich möchte frei sein.

Wir sitzen fest. Hier gibt es keine Richtung mehr. Hier gibt es nur noch den Tod.

Ein Ort, an dem dir niemand mehr folgt, ist ein verlorener Ort.

Ein Grab.

Die Bomben haben die Straßen zerstört. Wir können hier nicht weiterfahren. Unmöglich bei den Löchern. Es ist vorbei. Es tut mir so unendlich leid, dass ich dieses Leben mit Krieg verschwendet habe. Es tut mir so unendlich leid, und dennoch hat es sich gelohnt.
Sie ist so schön. Ihre Haut so zart.
Liebe fühlt sich an wie Sodbrennen im Herzen. Ja, das tut sie.
Wie lange habe ich dieses Gefühl nicht mehr gehabt?
Eine Ewigkeit.
Wie einsam war mein Leben doch nur zuvor. Wie alleine war ich.
Sie lächelt, hier an diesem Ort. Sie lächelt, als wäre alles in Ordnung.
Bomber über uns.
Es brennt.
Ihre Lippen sind so warm.
Ich liebe dich!
Danke!
Danke für dieses Gefühl!
Ich danke dir!
Berühre mich. Lass mich nie wieder los.
Schüsse.
Bin ich tot?
Ich weiß es nicht.
Ich fühle nichts.
Ja.

Ich bin ...
Ich bin ...
tot!

Teil 3

ich bin

Da ist es wieder – dieses Gefühl.

Seine Küsse so zart, seine Haare so weich. Es ist so schön in seinen Armen. Nie wieder möchte ich meine Augen öffnen.

Sie ist wieder da. Ich kann sie fühlen.

Wieso hier – an diesem Ort?

Es ist so schön. So unendlich schön.

Kommt die Liebe erst, wenn man bereit ist zu sterben?

Denn jetzt möchte ich leben.

Ich möchte leben. Mit diesem Gefühl.

Was ist los? Wieso hört er auf? Küss mich weiter.

Flugzeuge über uns. Es ist so laut.

Blut, überall Blut!

Mein Arm.

Sein Herz.

Ich liebe dich!

Ich sehe nichts. Alles ist so unendlich grell hier. Wo bin ich?
Mein Arm ist eingebunden. Er schmerzt. Mein Rucksack liegt hier.
Seine Kamera auch.
Wo ist er? Ist er auch hier? Ich kann nichts sehen. Es ist alles verschwommen. Wer spricht da mit mir? Wer ist das?
Ich bin wo?
Zwei Tage sind vergangen. Sie haben nur mich retten können. Sie haben mich nicht gerettet, er war es, er hat mich gerettet. Er ist weg und ich bin da. Jetzt bin ich da. Ich danke dir so sehr dafür, ich hoffe, du weißt das, wo immer du auch gerade bist. Ich bringe deine Kamera zurück, versprochen, damit die Welt deine Welt sehen kann.
Was?
Sie bringen mich zurück, zurück nach Hause.
Nach Hause.
Diese Küsse.
Verliebt sein – einfach nur so.
Danke!
Ich freue mich so sehr auf mein Zuhause. Auf Mama und sogar auf die Arbeit. Ich werde einen neuen Tisch brauchen und einen neuen Arbeitsvertrag. Teilzeit. Oder ich verpacke Geschenke. Vielleicht nehme ich mir auch einfach ein paar Monate frei und hole mir ein Kätzchen. Dann muss ich aber die Wohnung verkaufen.
Ich werde die Wohnung verkaufen und mir ein Häuschen im Grünen besorgen. Ja, mit einem Garten für das Kätzchen und

Hochbeeten. Mein Auto tausche ich gegen ein Fahrrad ein und meine Schuhe verschenke ich.

Es gibt viel zu tun.

Sehr viel sogar.

Oder besser ich kündige ganz und mache nur noch, was mir gefällt. Was immer es sein wird, was mir Freude bringt, ich werde es herausfinden.

Wann, wenn nicht jetzt?

Wer, wenn nicht ich?

Winkt der Zöllner mich ran?

„Papiere bitte und Rucksack öffnen! Wo kommen Sie gerade her?"

„Aus Aleppo."

„Aus dem Aleppo in Syrien?"

„Ja!"

„Okay, meinetwegen. Und was wollten Sie dort?"

„Ich wollte sterben!"

„Sehr witzig, junge Dame, aber was anderes könnte man dort sowieso nicht machen, und wie ich sehe, waren Sie glücklicherweise auch nicht erfolgreich dabei. Na dann, Frau Oona Viktoria Palingenese, herzlich willkommen zurück in Deutschland. Genießen Sie das Leben. Die Karibik kann ich Ihnen wärmstens empfehlen. Sie wissen schon, für die nächste Reise. Einen schönen Tag wünsche ich Ihnen noch."

„Danke, Ihnen auch!"

Da bin ich wieder.

Am Anfang.

Mein aufgebürdeter Rucksack leer. Meine Schultern leicht.

Es gibt einen Weg, einen Abhang zu sich selbst, der Kreuzgang eines jeden Menschen, der mutig genug ist. Es ist ein steiler Abhang, bei dem man entweder lebt, um zu sterben, oder stirbt, um zu leben. Ich bin gestorben und trotzdem lebe ich.

Ja, ich bin Oona, und ich habe alles erreicht, was ein Mensch hier auf Erden erreichen kann – ich habe geliebt, von ganzem Herzen.